L'ENFANT DE LA BALLE,

VAUDEVILLE EN DEUX ACTES,

Par MM. Devilleneuve et Didier,

RÉPRÉSENTÉ, POUR LA PREMIÈRE FOIS, SUR LE THÉATRE DES FOLIES-DRAMATIQUES, LE 22 MAI 1838.

PERSONNAGES.	ACTEURS.	PERSONNAGES.	ACTEURS.
CADICHET.............	M. NEUVILLE.	LA BARONNE DE LORMOY.	Mme HOUDRY.
FANFAN................	M. DUMOULIN.	EMMA...................	Mlle LAGRANGE.
BARDIN................	M. BELMONT.	LAIDE..................	Mlle SOPHIE.
AUBRY.................	M. PATONELLE.	HOMMES ET FEMMES DU PEUPLE.	

ACTE PREMIER.

Le théâtre représente un quai. A gauche, l'entrée d'un cabaret devant lequel sont des tables ; à droite, un hôtel garni ayant pour enseigne : HOTEL DE L'EUROPE.

SCENE PREMIERE.

BARDIN, EMMA.

Ils entrent par le fond à gauche.

BARDIN. Eh bien ! ma chère Emma, que dis-tu de Paris ? Es-tu encore fâchée d'avoir quitté, il y a trois jours, notre ville de Limoges pour m'accompagner dans la capitale ?

EMMA. Non, mon papa, au contraire.

BARDIN. Je le crois bien ! Moi qui n'y étais pas venu depuis dix ans, je ne m'y reconnais plus ; ces rues nouvelles, ces larges trottoirs, et surtout ces voitures de toute espèce, qui encombrent chaque quartier et qui écrasent une ou deux personnes par heure, c'est miraculeux !

Air : J'ai vu partout dans mes voyages.

Omnibus, Berlines, Urbaines,
Atalantes, et cætera,
A Paris, roulent par centaines,
Du Panthéon à l'Opéra.
Le dimanche et les jours de fêtes
On voit tant d' chevaux d' puis quelqu' temps
Qu'on peut compter autant de bêtes
Que l'on rencontre d'habitans.

EMMA. Mais vous ne parlez pas de tous ces beaux monumens que chacun admire ?

BARDIN. Si fait, si fait : moi, qui adore les arts ! Aussi dès demain je te mènerai voir l'Arc-de-Triomphe, la Madelaine, l'Obélisque, la cuisine des Invalides, et particulièrement les abattoirs que je veux te faire examiner dans leurs plus grands détails ; c'est fort intéressant pour une jeune demoiselle !

EMMA. Oh ! j'aurai le temps de tout visiter, pour peu que le procès qui vous amène à Paris dure encore autant de mois qu'il a duré d'années : dix-huit ans !.. il est mon aîné.

BARDIN. Je plaiderai trente ans, s'il le faut ; mes droits sont incontestables.

EMMA. C'est possible, mon papa, mais plaider contre Mme la baronne de Lormoy, une si bonne parente...

BARDIN. Je ne connais pas de parenté en affaires, je ne connais que l'argent. En gagnant mon procès je deviens propriétaire de la superbe terre de Lormoy, donnée, après la bataille de Leipsick, à feu mon cousin, le brave général Bardin, par sa majesté l'empereur et roi, autrement dit, le grand homme ! qui lui conféra les titres de la propriété avec la baronnie. Or, après la mort de ce cousin, qui s'est effectivement marié à Mme la baronne, mais non pas sous le régime de la communauté, je me trouve l'héritier direct de tous ses biens.

EMMA. Mais cependant, mon papa, si, comme le dit M. Aubry, le factotum de Mme de Lormoy, les dernières dispositions écrites de la main du baron ont été remises entre les mains d'un de vos parens qui les aurait détruites, brûlées...

BARDIN. Impossible ; car mon parent est mort, et l'on n'a rien trouvé chez lui qui indiquât ce testament. J'en suis bien fâché, mais je n'en suis pas cause, et d'ailleurs *scripta manent, verba volant,* ou, comme disent nos bons paysans limousins, les écrits sont des mâles, les paroles sont des femelles.

EMMA. Mais encore, mon papa, vous savez bien que Mme de Lormoy a eu de son mariage avec votre cousin, un fils qui disparut quelques mois après sa naissance, sans qu'elle ait pu jamais avoir de ses nouvelles. Elle apprit seulement, au retour d'un long voyage, que la nourrice à laquelle on l'avait confié était morte et que l'enfant avait été volé.

BARDIN. Je sais aussi que mon avocat conteste tous ces faits, et notre adversaire n'a pu trouver aucune pièce dans son dossier qui constatât l'existence du petit bonhomme. Voilà dix-huit ans que je l'attends, ce maudit petit bonhomme ; il n'est pas venu, c'est assez attendre, je pense ; je n'ai pas envie de jouir de mon château, ni de devenir baron quand je serai caduc ou asthmatique, non, non.

EMMA. Et avec toutes ces idées-là, vous refusez de m'unir à M. Anatole de Brianville, un jeune homme charmant, élégant et amoureux de moi comme un fou, sous le prétexte qu'il n'a que trente mille francs de rente.

BARDIN. C'est qu'après le gain de ce pro-

cès, tu peux aspirer à un bien plus beau parti.

EMMA. Voilà toute votre ambition : l'argent !

BARDIN. Je ne dis pas non.

AIR : *La belle chose que l'amour.*

Pour être heureux en mariage,
Il faut de l'argent avant tout.
EMMA.
C'est possible ; mais à mon âge,
Être aimée est fort de mon goût.
BARDIN.
Mon principe est plein de sagesse.
EMMA.
L'époux qui, la nuit et le jour,
Pense un peu trop à la richesse,
Ne peut plus penser à l'amour ;
S'il pense trop à la richesse,
Il ne pense plus à l'amour.

(*Parlé.*) Eh ! mais, regardez donc, mon papa, est-ce que ce n'est pas M. Aubry que j'aperçois ?

BARDIN. Oui, ma foi, c'est lui, cet ancien dragon de la vieille garde, compagnon de gloire de mon cousin le général, et maintenant brave ganache. Il a l'air de chercher quelqu'un.

EMMA. C'est peut-être nous ?

wwwwwwwwwwwwwwwwwwwwwwwwwwwwwwww

SCENE II.

LES MÊMES, AUBRY, *entrant une lettre à la main, et s'orientant.*

AUBRY. Hôtel de l'Europe, quai de la Mégisserie ; ce doit être de ce côté.

BARDIN, *allant à lui.* Je parierais que c'est de nous qu'il s'agit, vieux père Aubry.

AUBRY. Eh ! précisément, monsieur Bardin, je venais vous apporter une lettre de la part de Mme de Lormoy.

EMMA. Une lettre de ma cousine ! vous voyez, mon papa, qu'elle a plus de politesse que nous ; car voilà déjà long-temps que vous m'avez défendu de lui écrire.

BARDIN. Quand on plaide, ma fille, il faut se défier de sa correspondance : *scripta manent, verba...*

EMMA, *l'interrompant.* Je vous en prie, monsieur Aubry, dites bien à ma cousine que mon silence n'a pas été volontaire.

BARDIN. Voyons ce qu'elle écrit. Je parie qu'elle me fait des avances pour m'engager à renoncer à mes droits.

AUBRY. Je ne le crois pas.

BARDIN. Allons, bon, j'ai oublié mes besicles. Tiens, ma fille, lis-moi cela.

EMMA, *lisant.* « Cher cousin, j'ai appris » que vous étiez arrivé avec votre Emma, à Paris depuis ce matin. Malgré le pro-

» cès interminable qui nous divise , je
» pense que vous ne refuserez pas d'ac-
» cepter un logement chez moi ; il me se-
» rait pénible de ne pas recevoir des pa-
» rens de mon mari pour la première fois,
» depuis dix ans, qu'ils se rapprochent de
» moi, etc. Réponse, s'il vous plaît. » Toujours aussi bonne ! J'espère que c'est aimable de sa part.

BARDIN. Oui ; voilà ce qui s'appelle entendre les affaires : on plaide avec les gens
et l'on dîne avec eux.

AUBRY. Plaider ! Pouvez-vous bien plaider pour un héritage auquel vous avez si
peu de droits ?... quand vous savez que votre parent le notaire a....

BARDIN. Encore une fois, ça ne me regarde pas, moi, si ce parent a voulu m'en-
richir ; mais je ne vous en veux pas, à vous
qui êtes le confident, le conseil de la baronne, plutôt que son domestique ; vous
devez la soutenir.

EMMA. En effet, M. Aubry n'est pas un
serviteur ordinaire. Il avait tant d'attachement pour le général, avant sa mort,
que sa veuve a dû lui en inspirer aussi un
bien grand. (A Aubry.) On prétend que
depuis ce temps vous ne l'avez plus
quittée?

AUBRY. Non, mademoiselle, jamais ; et
c'est ce qui m'afflige quelquefois car, si
j'étais toujours resté en France à veiller
sur son fils, pendant ce fatal voyage, nous
n'aurions pas aujourd'hui à déplorer sa
perte.

BARDIN. Là ! voyez-vous, voilà qu'ils re-
commencent leur antienne ordinaire. L'enfant a été rejoindre le testament !... comme
si on pouvait mettre aussi un enfant dans
la poche. Allons, vieux grognard, contez
à d'autres vos balivernes, mais ne venez
pas me faire accroire qu'on vole aussi facilement que ça, à moi, ancien fournisseur.

AUBRY. Patience, patience, je n'ai pas
perdu tout espoir, et si j'en crois les ren-
seignemens qu'à force de démarches j'ai
pu obtenir, ce matin même....

BARDIN. C'est ça, vous allez retrouver
l'enfant qui vous attend depuis dix-huit
ans, caché sous une feuille de chou ! Pauvre amour !

AUBRY. Enfin , monsieur, cela me regarde. Veuillez me donner la réponse que
Mme la baronne m'a prié de lui rapporter.

BARDIN. Ah ! ah ! la réponse ? Eh bien !
dites que nous irons.

EMMA. Y pensez-vous, mon papa, une
réponse verbale à une lettre aussi polie !
Ce n'est pas convenable.

BARDIN. Ah ! tu crois qu'il faut... En ce
cas, allez vous promener, mon brave
homme, et ne revenez prendre ma lettre
que dans une demi-heure ; j'ai besoin de
méditer, d'approfondir mes idées, de choisir mes expressions. *Scripta manent*, les
écrits sont des mâles ; je ne sors pas de là.

AUBRY. Il vous faut du temps... ah ! oui,
je comprends. Eh bien ! je reviendrai dans
une heure... c'est peut-être encore trop tôt,
hein ?

BARDIN. Oh ! non, non, j'ai tant de fa-
cilité. (*Bas à Emma.*) Ma fille, tu me dic-
teras.

Air du vaudeville de Turenne.

A recevoir cette lettre agréable.
  Je m'attendais peu, franchement.
Par une lettre encore plus aimable,
  Je veux lui répondre à l'instant ;
Mais c'est qu'il faut une certaine étude
  Pour rédiger un tel écrit.
AUBRY.
Oui, quand on veut le faire avec esprit
  A part.
Et qu'on n'en a pas l'habitude (*bis*).

BARDIN. Sans adieu.

Bardin et Emma rentrent dans l'hôtel.

<div align="center">~~~~~~~~~~~~~~~~~~~~~~~~~~~~~~~~~~</div>

SCENE III.

AUBRY, seul.

Si, pendant le temps que monsieur l'ex-
fournisseur va passer à chercher ses idées,
il m'était possible de me rendre à l'adresse
indiquée sur ce chiffon de papier. (*Il montre un papier qu'il a tiré de sa poche.*) Pourquoi faut-il qu'il soit tombé si tard entre
mes mains ! j'aurais pu obtenir des rensei-
gnemens plus précis et si précieux pour
nous ! Mais la pauvre femme qui a tracé
ces lignes est morte, il y a trois jours, dans
un hospice ; son écriture est presque indé-
chiffrable : essayons de la lire pourtant.
(*Il lit avec peine.*) « Gournay... » (*S'arrêtant.*) C'est bien le nom du village où
l'enfant fut mis en nourrice. (*Il lit.*) « Année 1817... » (*S'arrêtant.*) Ce fut bien aussi
à cette époque que l'enfant disparut. (*Il
lit.*) « Toinette Bodu, rue des Arcis, n° 4. »
(*S'arrêtant.*) L'infirmier de l'hospice qui
m'a remis ce papier m'a bien assuré que
cette Toinette était sœur de la défunte, et
qu'elle avait habité Gournay pendant l'année de la disparition de l'enfant. Espérons
qu'elle pourra me donner quelques nou-
veaux éclaircissemens dont nous avons un
si pressant besoin. Ne ménageons ni peines ni fatigues pour nous les procurer, et
rendons-nous vite rue des Arcis ; il s'agit

du sort de l'enfant et de la fortune de
Mme de Lormoy que mon brave général a
tant aimée!

Air: *Amis, voilà la riante semaine.*

Je me fais vieux, mais j'ai d' l'ardeur tout d' même,
Faut que l' procès se termine à mon gré,
Faut que l' bonheur enfin de ceux que j'aime,
Soit par mes soins pour jamais assuré!
Puisse la mort, qui nous guette à la ronde,
D' mon général me rapprocher après!
Pour lui porter c'te nouvell' dans l'autr' monde,
C'est en chantant alors que j' partirai (*bis*).

(*Parlé.*) Hâtons-nous; je serai de retour
à temps pour recevoir la réponse du cousin Bardin.

Il s'éloigne.

SCENE IV.

CADICHET, FANFAN, LAIDE.

*Ils entrent par le fond du théâtre. Cadichet a un cos-
tume de Paillasse, à carreaux rouges et blancs, re-
couvert d'un vieux carrick, et porte un chapeau
garni de toile cirée. Fanfan a un large pantalon
blanc, une redingote, et il porte derrière lui un
tambour avec ses baguettes. Laïde a une mandoline
en sautoir derrière le dos.*

ENSEMBLE.

Air *de la Mauvaise langue de village.*

Salut, ô quai de la Ferraille!
Avec plaisir je te revois!
La populace et la val'taille
Sur ton pavé, chaqu' jour, admirent nos exploits,
Les badauds, les gamins admirent nos exploits.

CADICHET.

Not' théâtr' a pour la sortie,
L' même avantag' que pour entrer,
Et comme il n' craint pas d'incendie,
Nous n' le faisons pas assurer.

FANFAN.

Il peut s' passer d' guirlande,
De comble et d'isol'ment;
La salle est assez grande,
Puisqu'elle est en plein vent.

ENSEMBLE.

Salut, ô quai de la Ferraille! etc.

*Cadichet dépose la petite table d'escamoteur qu'il
tenait, et Fanfan son tambour.*

FANFAN. Na! v'là not' établissement
qu'est en place.

CADICHET. Fameux l'emplacement!
c'est toujours sur ce quai-là que depuis
quinze ans j'ai ramassé le plus de qui-
bus.

FANFAN. Et toi, ma petite Laïde, est-ce
que tu ne tiens pas à déposer, comme
nous, armes et bagages, et à te reposer un
brin? Les badauds sont en retard à ce matin; pas plus de flâneurs que sur mon
coude; regarde plutôt, nous avons le temps
de faire la causette avant de tambouriner
le public.

LAÏDE. Merci, Fanfan, mon bagage ne
pèse pas ben lourd, et mon oncle m'a appris à avoir bon dos, dans ma profession de
chanteuse de carrefours.

FANFAN. Profession dont tu t'acquittes
aux oiseaux, comme on dit. O Laïde!
quand j'entends les accens de ta mandoline,
il me semble que j'avale dix-sept petits
verres d'ambroisie, et un demi-setier d'huile
d'amour.

CADICHET. Eh! dis donc, toi, monsieur
le rossignol du quai de la Ferraille, v'là-t-il
pas que tu vas roucouler près de ma nièce,
avant d'avoir escamoté la première muscade ou arraché le plus petit chicot de la
moindre mâchoire?

FANFAN. Non, p'pa Cadichet, c'est l'histoire de tailler une bavette avant l'heure
de nos exercices.

CADICHET. D'ailleurs, je t'ai déjà dit que
t'avais tort de flatter Laïde de dessus sa
voix. Si, au lieu de chanter, elle avait voulu
suivre mes conseils et apprendre les premières notions de l'art du sauteur équili-
briste, talent aussi rare que distingué chez
une jeune personne, elle serait aujourd'hui
une des premières sauteuses des quatre
parties du monde.

FANFAN. Voyez-vous la renommée! en
v'là des idées biscornues! c't' utilité pour
une demoiselle de faire la culbute en public.

LAÏDE. Quant à ça, mon oncle, c'est vrai
que Fanfan a raison.

CADICHET. Laissez donc, c'est des abus,
des préjugés de la société, pas autre
chose.

Air: *Le beau Lycas aimait Thémire.*

Votr' discours m'étonne et m'irrite,
Vous voyez la chose à l'envers;
Le sauteur est cosmopolite,
On l'admir' dans tout l'univers.
FANFAN.
Là-d'ssus, papa, je vous arrête...
CADICHET.
L' talent sauv' tout; je vous l' répète...
FANFAN.
A ses talens faut mettre un frein.
LAÏDE.
Fanfan voit juste, car enfin,
C' n'est pas en marchant sur sa tête
Qu'une honnêt' fill' peut fair' son ch'min.

FANFAN. C'est clair, ça; moi, à la bonne
heure, vous m'avez élevé, éduqué dans cet
état-là, et j'y tiens. Car, si aujourd'hui je
sais escamoter, dire la bonne aventure,
battre la caisse, jouer du bâton et faire le
saut de poisson comme une anguille, c'est
à vous que je le dois, papa Cadichet. Or
donc, faut que l'élève fasse honneur au
maître, faut que je devienne la gloire de

vos vieux cheveux blancs; c'est mon idée fixe, mon cauchemar, ma bataille d'Austerlitz; j'y arriverai, ou ben j'y perdrai l'équilibre !

CADICHET. Bien dit, fiston; ton enthousiasme m'électrise, et je serai fier de tes succès! Quant à Laïde, comme oncle, je l'approuve, comme artiste, je la regrette; enfin n'importe, je ne vous en promets pas moins le *conjungo*.

FANFAN. Oh! merci, p'pa Cadichet; alors not' bonheur sera au grandissime complet.

LAIDE. Et nous vous aimerons comme un père.

CADICHET. Je l'espère bien; mais c'est pas tout ça, il est temps d'ouvrir nos bureaux et de commencer la musique.

FANFAN. Un instant donc, je vous dis qu'il n'est pas l'heure : nous n'aurions encore que messieurs les enfans et messieurs les militaires.

CADICHET. Et messieurs les maçons, c'est vrai.

FANFAN. Si vous m'en croyez, p'pa, nous profiterons de l'instant pour faire un petit déjeuner sur le pouce.

LAIDE. Justement j'ai les provisions dans mon panier.

CADICHET. Eh bien! moi, je paie les liquides. (*Il appelle.*) Oh! là! hé! père Suret, un litre à douze.

FANFAN. Et moi, je me charge de mettre le couvert. (*Ils se placent à une table du marchand de vins, tirent du panier des pommes de terre frites, et un paquet de couennes enveloppé dans une grande feuille de papier.*) V'là la nappe. (*Prenant la bouteille et les verres qu'un garçon marchand de vins apporte.*) V'là le breuvage.

AIR :

A ce r'pas
Plein d'appas
Qu' chacun d' nous r'jette
L'étiquette,
La serviette.
On n' fait pas
Des repas
Comm' ceux-là chez les potentats.

FANFAN.

C' papier remplac'ra les assiettes,
Dans ce banquet vraiment nouveau;
Nos doigts r'présent'ront les fourchettes,
Nos dents nous serviront d' couteau.

ENSEMBLE.

A ce r'pas
Plein d'appas
Qu' chacun d' nous r'jette
L'étiquette,
La serviette.
On n' fait pas
Des repas
Comm' ceux-là chez les potentats.

FANFAN, *la bouche pleine.* Ah çà ! voyons; maintenant, p'pa, que vous rev'là de bonne humeur, à quand au juste le *conjungo* ci-dessus mentionné.

LAIDE. Oh! oui, c'est pas que nous soyons pressés, mais nous voudrions que ça soye tout de suite.

CADICHET. Enfans, pas d' bêtises; avant de vous orner de ma bénédiction plus ou moins paternelle, je vous ai dit qu'il fallait que Fanfan ait tiré à la conscription et payé son tribut à la seule mère dont la nature l'ait gratifié; autrement dit, madame la France.... (*il ôte son chapeau*) vu que monsieur l'hasard, son unique parrain, après moi, n'a pas jugé à propos de lui fournir d'autres parens jusqu'à ce jour, inclusivement parlant.

FANFAN. Connu, connu, p'pa Cadichet... et pis, où donc c'qu'ils sont les pères et les mères qui vous choyent et qui vous dorlottent plus que vous ne l'avez fait dès mon plus jeune âge... quand je pense que vous m'avez appris tout jeune à gagner mon pain, en faisant des cabrioles, en pliant les reins, les jarrets, tout quoi!.. qu'on m'aurait pris pour un poulet désossé ou un petit bédouin à la crapaudine.

CADICHET. C'est vrai que dans ce temps-là, n'ayant pas de pain pour moi, je ne pouvais pas le partager entre plusieurs... c'était l'année de la grande hiver; tous les malheurs me tombaient sur la tête, quoi!.. ma femme, ma pauvre Catherine était morte de faim et de misère, à la suite d'une couche, et avec elle, mon fils, mon petit Antoine... un amour d'enfant, à ce qu'elle m'avait fait écrire... car j'ai jamais eu le plaisir de le voir, le pauvre chéri!... attendu qu'ils étaient restés à Paris, et que moi, pour leur envoyer de quoi, ce qui n'arrivait pas souvent, je parcourais toute l'Europe, depuis Pont-à-Mousson jusqu'à Château-Thierry... Tout ce que je sais, c'est que mon Antoine aurait à peu près ton âge et tes agrémens physiques.

FANFAN. Et vous vous êtes dit : L'enfant trouvé remplacera chez moi l'enfant légitime... je reconnais bien là vot' cœur, p'pa Cadichet.

LAIDE. C'est comme moi, qui ne suis que vot' nièce... sans vous je ne saurais pas raccommoder le linge, jouer de la mandoline et tricoter les gilets de laine... je serais une ignorante, quoi... je n'aurais pas la moindre inducation.

CADICHET. Bah! bah! ne parlons pas de ça... j'ai bien encore quelquefois une petite goutte d'eau dans l'œil quand je pense à Catherine; mais j'aime tant Fan-

fan', et toi aussi, Laïde , que j'oublie toujours que nous n'avons pas le sou et qu'il
nous manque , juste en ce moment , dix
écus pour payer not' terme de trente
francs. Toi , Laïde , va faire ta ronde , et
tâche que les gros sous pleuvent dans ton
tablier comme les giboulées de mars.

LAÏDE. J'y cours, mon oncle... pendant
ce temps-là, Fanfan, vous serez bien sage,
vous penserez à votre petite Laïde... pas à
d'autres.

FANFAN. Va donc... puisque je n'pense
qu'à ça, madame l'Andalouse.

Air : *Rendez-moi mon joli bateau.*

Sans tarder, pars
Pour les boul'varts,
Fais briller les beaux arts!
Grâce à ta mandoline,
Les bourgeois,
Par ta belle voix,
Autant qu' par ta bonn' mine,
Seront séduits, je crois;
Tous les bourgeois
S'ront par ta voix
Séduits, je crois.
Un' fill' comm' ça peut bien tourner la tête...
Si chaqu' passant, qui de toi sera fou,
Dans ta corbeill' j'tait seul'ment un p'tit sou,
En moins d'un an ta fortun' serait faite.

ENSEMBLE.

CADICHET *et* FANFAN.
Sans tarder pars, etc.
LAÏDE.
Sans tarder j' pars
Pour les boul'varts;
J' f'rai briller les beaux arts.
Grâce à ma mandoline,
Les bourgeois,
Par ma belle voix,
Autant qu' par ma bonn' mine,
Seront séduits, je crois.
Tous les bourgeois,
S'ront par ma voix
Séduits, je crois.

Elle sort.

SCENE V.

CADICHET , FANFAN, BADAUDS, *arrivant
peu à peu.*

CADICHET. Il s'agit d'appeler la société ;
allons, Fanfan, à not' tour... signale-toi
sur ta peau d'âne et moi dans mon cuivre
harmonieux.

Ils ôtent leur premier costume et paraissent dans
celui de bateleurs; Cadichet sonne la trompette,
Fanfan bat le tambour; les curieux arrivent en
foule.

CHOEUR.

Air : *Pour bien passer la vie (Ouverture du 3e acte
du Pré aux Clercs).*

Pour bien passer la vie,
Sur les quais venons tous;
Des jeux et d' la folie
C'est là le rendez-vous.

FANFAN. Allons, Paillasse, mon ami,
prenez un bâton, et faites ranger poliment
l'honorable société.

CADICHET , *faisant ranger tout le monde
en demi-cercle avec un bâton qu'il tourne
dans sa main.* Gare ! gare! (*A un enfant.*)
Un peu en arrière là , jeune homme , s'il
vous plaît.

FANFAN , *devant la petite table pliante
sur laquelle sont placés trois gobelets.* Prenez vos places, prenez vos billets ; il n'en
coûte rien d'avance, et si vous êtes con-
tens et satisfaits, vous ne paierez rien en
sortant.

Air *de l'Aumônier du régiment.*

J' suis Fanfan l'escamoteur,
Le bat'leur,
Travaillant en plein vent
Dans chaque arrondiss'ment;
Pour la souplesse et l' mouv'ment
J' suis vraiment
Un prodige étonnant.

J' sais avaler un' muscade,
Escamoter un enfant,
On m' dit pour faire un' parade,
Plus instruit qu'un ch'val savant.
Comme Gribouille ou La Palice,
J'ai d' l'esprit plein mon cerveau,
Puisqu' c'est l' sac à la malice
Qui m'a servi de berceau.
J' suis Fanfan, etc.

J' peux vous faire en un' minute,
Les tours les plus merveilleux,
Je brille dans la culbute,
J'excell' dans l' saut périlleux;
Ma r'nommée est sans égale,
Sur tous les quais de Paris,
Bref, j' suis un enfant d' la balle,
C'est pour ça que je r'bondis.
V'là Fanfan l'escamoteur, etc.

CADICHET. Maintenant nous allons passer aux exercices... encore un peu en arrière, s'il vous plaît.

Il fait de nouveau ranger le public avec son bâton.
L'orchestre reprend l'air du chœur précédent.

SCENE VI.

LES MÊMES, BARDIN, EMMA, *sortant de
l'hôtel.*

EMMA. Eh ! mon Dieu, papa, qu'est-ce
que c'est que ça ?

BARDIN. Serait-ce une émeute ?... eh !
non , ce sont des bateleurs... Pardieu ! je
suis curieux de voir ce spectacle... on dit
que parmi ces gens-là il y en a de fort
adroits.

Cadichet le heurte avec son bâton.

EMMA. Mais si M. Aubry allait revenir pendant ce temps?

BARDIN. Nous le verrons bien entrer dans l'hôtel; reste, reste avec moi.

Il lui donne le bras et ils se placent sur le devant de la scène, parmi les curieux.

FANFAN, *à sa table placée au milieu du théâtre.* Messieurs et dames, en voyant ces trois gobelets, vous allez me dire : Mais tu fais t'encore de l'escamotage; c'est des futilités; oui, messieurs, vous avez raison; aussi laisserai-je cela à mes ganaches de confrères, dont je ne veux dire aucun mal. Nous allons commencer par les superbes tableaux vivans, à l'instar du grand Opéra non comique.

CADICHET. Tels qu'ils ont été représentés au bénéfice des demoiselles Essler, de Vienne... pas en Dauphiné... en Autriche.

FANFAN. C'est-à-dire, messieurs, qu'en voyant ces brillans exercices vous direz tous : Voilà ce qui s'appelle travailler... premier tableau : *Le Renard et le Corbeau,* fable de M. Fontane.

CADICHET. Qui faisait parler les bêtes.

Il monte sur une chaise et tient une brioche dans sa bouche.

FANFAN. C'est Paillasse qui fait le corbeau, et moi le renard, rusé et malin...

Ah! m'sieur l' corbeau, que vous êtes soigné et beau!

CADICHET.

On le dit... on le dit dans le hameau.

FANFAN. C'est en vers, messieurs...

Dans les plus belles maisons oùs que j' vas, Je n'ai jamais vu de plumage comme celui-là.

Cadichet laisse tomber la brioche.

FANFAN, *la ramassant.* Vous voyez, messieurs, le corbeau est floué.

CADICHET, *descendant de dessus sa chaise.* Mille tonnerres! si l'on m'y reprend, Les poules auront des dents!

FANFAN. Toujours en vers, messieurs. Deuxième tableau : *Judith et Holopherne.*

CADICHET. Le lit est une chaise; mais le tour n'en est que plus difficile.

Il se penche sur la chaise.

FANFAN. Judith entre dans la chambre d'Holopherne et le trouve pochard; elle s'approche, tire son poignard, (*il déploie un grand sabre très-long qui rentre dans lui-même*) et pour s'assurer s'il dort elle le lui enfonce dans l'oreille... chut!... il dort... Elle retire son poignard, et le menace pour des raisons qu'ils ont eues ensemble; elle jure de se venger et de lui faire une niche en lui coupant la tête; elle reprend son léger instrument... (*Il fait semblant de lui couper la tête, et prend la toque de Cadichet qu'il présente comme la tête d'Holopherne.*) Voici la niche, autrement dit, la tête... Remarquez, messieurs; Holopherne est vexé comme un dindon sans tête. Troisième tableau : *Pygmalion et Galathée.* (*Cadichet monte sur sa chaise et prend l'attitude de la statue.*) Voyez, messieurs, ce vieillard avec son physique ignoble, sa figure ridée et ratatinée.

CADICHET, *bas.* Assez, assez...

FANFAN. Ce vieillard, messieurs, est aussi gracieux que la statue véritable; Pygmalion s'approche, contemple son ouvrage et lui dit : Ah! si tu serais une véritable femme, comme je t'aimerais; il prend son maillet et son ciseau et veut terminer son ouvrage. (*Il donne deux coups dans le côté de Cadichet qui pousse un cri et descend de sa chaise.*) La statue s'anime!... fin du troisième tableau. Quatrième et dernier tableau : *Le Précepteur et son élève;* tableau de mœurs.

CADICHET. Et très-moral.

FANFAN. Le professeur entre et trouve son élève jouant aux billes; il veut le punir d'avoir fait l'école buissonnière. Venez ici, monsieur. (*Cadichet continue de faire semblant de jouer aux billes.*) Eh bien! vous ne m'entendez pas!... (*Il le prend, le passe sous son bras et lui donne le fouet.*) L'Élève corrigé ; tableau moral à l'usage des familles ; fin du quatrième et dernier tableau.

CADICHET. Maintenant, messieurs, nous allons passer aux exercices gymnastiques, autrement dits d'agilité.

FANFAN. A l'instar des Clown du Cirque-Olympique. (*Ils imitent les Clown anglais.*) Milon de Crotone et un de ses amis. (*Ils font une pose comique.*) Hercule pulvérisant son ennemi.

Il enlève Cadichet par-dessus son épaule.

CADICHET. Messieurs et dames, parmi l'honorable société qui nous environne, j'entends une foule d'imbéciles dire : Ces gens-là sont en gomme élastique; non, messieurs, nous ne sommes pas en gomme élastique.

FANFAN. On peut s'en convaincre facilement.

CADICHET. Tout ce que vous avez vu jusqu'à présent, messieurs, n'est rien, moins que rien, absolument rien.

FANFAN. Nous allons terminer nos brillans exercices en tirant les cartes à ceux qui veulent connaître leur future destinée; nous y joindrons l'explication des songes et la manière de détruire les insectes domestiques ; le tout pour la bagatelle de deux sous par personne ; deux sous, deux sous... parlez, faites-vous servir...

Ils distribuent des cartes.

CHŒUR.

Air de la Chaise cassée.

Ce tour est surprenant.
Ah ! Dieu ! quelle est son adresse!
Quell' force et quell' souplesse !
C'est vraiment étonnant!

CADICHET. Voilà, voilà!... suivez-nous chez le marchand de vin, dans la salle du fond ; c'est là que nous rendons nos oracles.

CHŒUR.

Ce tour est surprenant!
Ah ! Dieu ! quelle est son adresse, etc.

Cadichet et Fanfan font entrer les conscrits et les bonnes chez le marchand de vin ; les curieux disparaissent.

SCENE VII.

BARDIN, EMMA, *puis* AUBRY.

BARDIN, *regardant entrer chez le marchand de vin.* Voilà des braves gens qui vont avoir du bonheur pour leur argent. Au fait, c'est un moyen économique et commode, quand on n'a que deux sous à mettre à ses plaisirs.

EMMA. Papa, voici, je crois, M. Aubry qui revient de ce côté.

BARDIN, *l'apercevant.* Ah! enfin!... allons donc lambin.... tenez, portez ma réponse à Mme de Lormoy ; (*Il lui remet une lettre.*) Vous voyez qu'on a été moins long à l'écrire que vous à la venir chercher.

AUBRY, *prenant la lettre.* C'est que ma présence était utile quelque part... mon attachement pour Mme la baronne et le désir de bien faire sont les seules causes de mon retard.

BARDIN. Oh! oh! quel air triomphant ! quel mystère avez-vous donc éclairci?

AUBRY. Je ne sais rien encore!... mais peut-être l'avenir...

BARDIN. L'avenir !... parbleu , mon brave, si c'est ça qui vous tourmente, vous pouvez vous en régaler... il y a là des bateleurs qui , moyennant deux sous , vous diront, en fait d'avenir, tout ce que vous désirez connaître. Ce n'est pas cher, hein?

AUBRY, *avec intérêt.* Des bateleurs?

EMMA. Oui, de braves gens qui sont entrés là.

AUBRY, *de même.* Dans ce cabaret?

BARDIN. Précisément... en un instant

vous saurez si la terre de Lormoy appartiendra à votre maîtresse ou à moi. Au revoir, mon brave Aubry, moi et ma fille, nous continuons notre promenade, pendant que vous allez porter notre réponse à Mme la baronne.

Air de la Pensionnaire mariée.

Je crois toujours mon affaire excellente,
Mais, avant d'en savoir la fin,
J'irai chez ma noble parente
Et m'y rendrai demain matin;
Pour elle, un grand zèle m'anime;
Si j'accepte son logement ,
C'est pour lui prouver mon estime...
   A part.
Et puis, ça coûte moins d'argent.

ENSEMBLE;

Je crois mon affaire excellente, etc,

EMMA.

Pour nous l'affaire est excellente,
Mais, avant d'en savoir la fin,
Rendons-nous chez notre parente,
Et soyons-y demain matin.

AUBRY.

Pour vous l'affaire est excellente,
Mais pourtant attendons la fin,
Je préviendrai votre parente
Que vous viendrez demain matin.

SCENE VIII.

AUBRY, *seul.*

Ah! c'est le ciel qui m'a inspiré !... la bonne femme a vu et connu l'enfant... Après la mort de sa nourrice , le bruit courut, m'a-t-elle dit, qu'il fut volé, soustrait au village même de Gournay par un de ces bateleurs qui spéculent quelquefois sur l'existence de pauvres petits innocens comme lui; il l'emmena loin de là, et l'obligea à remplir la profession qu'il exerçait dans les villes et les bourgs... cet homme, a-t-elle ajouté, doit habiter Paris ou y venir souvent, car , il y a peu de jours encore elle l'aperçut exerçant son métier sur les quais.... par précaution j'ai écrit son nom sur ce papier. Quel bonheur si je pouvais conserver à Mme de Lormoy la fortune de mon général !.... (*Apercevant Cadichet.*) Quelqu'un sort de ce cabaret... c'est un des banquistes dont m'a parlé M. Bardin... peut-être m'indiquera-t-il celui que je cherche.

SCENE IX.

AUBRY, CADICHET.

CADICHET, *qui a repris son vieux carrick et son chapeau, parle à un militaire qui sort avec lui du cabaret.* Allez, jeune enfant de Mars, et si vous êtes content et satisfait, faites-en part à vos amis et connaissances.

Il va pour rentrer.

AUBRY, *l'arrêtant.* Pardon... j'ai deux mots à vous dire.

CADICHET. Quatre si vous voulez... qu'est-ce qu'il vous faut?.. la bonne aventure?.. voilà!... le grand jeu?.. le petit jeux?.. il n'en coûte que deux sous.

AUBRY. Il ne s'agit pas de moi, mais d'un de vos confrères... sur le compte duquel vous pourrez m'apprendre des choses qui m'intéressent au dernier point... tenez, voyez son nom sur ce papier.

CADICHET *prenant le papier qu'Aubry lui présente, et lisant.* Thomas Cadichet... pardine, mon ancien, vous n'irez pas bien loin, pour trouver l'oiseau en question. (*Otant son chapeau.*) Ceci vous représente le susdit Cadichet, paillasse pour le moment, et domicilié sur le quai de la Ferraille tout les matins... mais, d'ordinaire, perché rue de la Huchette, n° 5, au sixième, au-dessus de l'entresol... on y arrive par une échelle... mais après, c'est tout de plain pied.

AUBRY. Eh! quoi, vous seriez Cadichet, le bateleur?

CADICHET, *montrant son costume.* Luimême... dont voilà le grand uniforme, comme vous voyez.

AUBRY. Enfin, je vous trouve, depuis vingt ans que je vous cherche.

CADICHET. Pas possible!.. alors, c'est pas malheureux que vous ayez passé par ici, ce matin.

AUBRY. C'est bien vous, qui, dans le commencement de l'année 1817, avez traversé le village de Gournay?

CADICHET. Hein?.. comment pouvez-vous savoir ça?

AUBRY. Ma demande vous étonne et vous trouble, je le conçois.

CADICHET, *comme frappé d'une idée.* Oh! mon Dieu!... est-ce que vous voudriez, par hasard... oh! non... n'est-ce pas que vous ne venez pas pour ça?

AUBRY. Je viens... je viens pour vous reprocher une faute... un crime même.

CADICHET. A moi!... ah! un instant, dites donc... je n'ai jamais rien fait de mal à personne, entendez-vous.

AUBRY. N'est-ce donc pas un crime, que de profiter de la mort d'une pauvre femme pour voler l'enfant qu'elle nourrissait?... pour l'entraîner loin de là, pour le soustraire aux recherches de la plus tendre des

mères que le hasard avait alors éloignée, ainsi que moi, de la France... et tout cela, sans doute, pour spéculer sur l'âge et l'inexpérience du pauvre petit?

CADICHET. Moi, voler un enfant!.. celui qu'a dit ça en a menti!... maintenant, je vois ben ce que vous me voulez... c'est de Fanfan qu'il s'agit... pauvre garçon!.. lui, que j'aime tant!.. lui, pour qui j'aurais donné mon sang, ma vie, tout, quoi!

AUBRY. Que dites-vous?

CADICHET. Je dis... je dis qu'il faut tourner sa langue sept fois avant de traiter les gens de voleur.... savez-vous si, quand j'ai trouvé Fanfan, il n'était pas déjà abandonné par les voisins, par les voisines, par tout le monde, après la mort de la nourrice?... savez-vous s'il aurait résisté à la faim et à la froid, quand il restait sans secours et que j'ai pris sur moi de le sevrer et de l'emporter sur mon dos, couché dans ma gibecière?... Dieu sait si, dans ce temps-là, j'avais besoin de m'embarrasser d'un mioche... pas le sou, pas de gîte... pas de pain, qu'on vous dit... mais c'est égal, on n'a pas eu le cœur de laisser mourir le moutard, on l'a trimbalé, élevé, éduqué le mieux qu'on a pu... et pour tout ça, qu'est-ce que vous venez me dire au jour d'aujourd'hui?.. que j'ai volé un enfant!... ah! plus de ces mots-là, s'il vous plaît, mon ancien.

Air *de Préville et Taconnet.*

Oui, sans rougir, devant vous, je l' confesse.
Sur l' boursicot, j' fus toujours bas percé,
Mais quant au cœur, à la délicatesse,
C'est différent, pour ça je suis foncé,
Personn' là-d'sus n' m'a jamais enfoncé;
Plus d'un homm' riche au fond d' son équipage,
Sans le s'courir voit l' malheur sur son ch'min,
L'homme du peuple est toujours plus humain,
S'il n'a qu' du pain, du moins il le partage
Avec celui qu'il voit mourir de faim.

AUBRY. Quel langage!.. ah! pardon, je le vois, les soupçons que j'avais formés étaient injustes, sans doute?.. ce ton de franchise et de loyauté me prouve que ce sont plutôt des remercîmens que des reproches qu'il faut vous adresser.

CADICHET. Je ne vous demande rien... d'puis vingt ans que j' l'ai pas quitté, Fanfan est devenu mon fils, mon ami... mon soutien... et vous venez me l'enlever!.. eh ben, on restera seul, tout seul... oh! que ça fait de mal!..

AUBRY. Oui, seul, je fus coupable, en persuadant à Mme de Lormoy que son fils ne courait aucun danger chez la nourrice de Gournay... pendant le fatal voyage qu'elle fut forcée de faire en Italie... mais aussi, qui pouvait s'attendre à la mort si prompte de cette femme?... Quand nous revînmes en France, six mois après... aucun indice ne nous mit sur la trace de l'enfant, et depuis ce temps, Mme la baronne le pleure sans espoir.

CADICHET, *reculant étonné.* Hein!.. Fanfan serait le fils d'une baronne?... (*Avec joie.*) Nom d'un petit bonhomme, qu'est-ce que vous me dites là ?

AUBRY. Ce sera aussi l'héritier d'un beau nom et d'une grande fortune.

CADICHET, *toujours joyeux.* Pas possible!.. ah çà ! mais, faut que je rêve !...

AUBRY. Non, non, rien n'est plus certain... avec quelle joie il sera reçu dans l'hôtel de sa mère !

CADICHET. Il y a un hôtel aussi?.. diable! diable!.. c'est du grand numéro!.. fameux!.. mon Fanfan, te v'là lancé... Ah çà ! ses parens existent donc encore ?

AUBRY. Sa mère seulement... la meilleure des femmes... qui fera son bonheur, qui l'entourera de soins, de tendresse, et qui maintenant ne le quittera plus.

CADICHET. Ah! oui, Mme la baronne de... comment que vous dites... Larnoy... Lormoy... au fait, puisque c'est sa vraie mère, elle a le droit de... eh ben ! mais nous... est-ce que nous ne le verrons plus, hein?...

AUBRY. Si fait... vous pourrez encore le voir... quelquefois... quand il sera libre.

CADICHET. C'est juste... quand il aura le temps... nous pourrons... pauvre Fanfan!... Laïde et moi qui ne l'avions jamais quitté... ça va-t-il nous faire un vide!.. diables d'enfans!.. on s'y attache comme ça... sans penser... et puis, un jour... mais, pisque c'est sa vraie mère... et qu'il sera plus heureux...

AUBRY. Eh ! bien, qu'avez-vous donc?.. vous pleurez, je crois?

CADICHET. Moi... oh ! c'te bêtise!... non; je pleure pas... pourquoi que je pleurerais?... c'est une petite larme qui me vient comme ça, dans le coin de l'œil, en pensant au vide... à Fanfan!... à... c'est comme quand je pense à feu ma femme, qu'est morte dans le temps... je peux pas m'en empêcher... c'est pas ma faute... pourtant, ça s'passera dans un instant... dans quelques jours... dans quelques mois... dans quelques années... je n'y penserai plus... mais, j'entends Fanfan, je vas tout lui dire... qu'il est baron, qu'il a un hôtel, le tremblement !...

AUBRY. Non, ne lui dites rien encore... je me charge de le prévenir quand il en sera temps... j'ai des raisons pour lui laisser tout ignorer aujourd'hui.

CADICHET, Oui, c'est juste... il saura ça peu à peu... ce bon Fanfan... il vient peut-être de prédire à une bonne d'enfans qu'elle sera duchesse, sans se douter, que, pendant ce temps-là, il devenait baron... satané sort, va ! nous en joues-tu de ces tours !

<hr>

SCENE X.

LES MÊMES, FANFAN, *sortant du cabaret.*

FANFAN. Tenez, p'pa... v'là les médailles, pour grossir le boursicot.

CADICHET, *prenant l'argent, bas à Aubry.* Hein !.. qu'est-ce que vous dites du physique?

AUBRY, *bas à Cadichet.* Bien, très-bien !

CADICHET, *bas à Aubry.* Vous n'êtes pas dégoûté... diable! c'est fameusement travaillé !

FANFAN. Pardine, pour ce qui m'en coûte... valet de cœur, roi de pique, neuf de trèfle... bon, fameux, excellent !.. avec moi, toujours du bonheur... jamais de chagrin ; et pour deux sous!..

CADICHET. Pour deux sous! a-t-il bon cœur !.. mais pour le moment il ne s'agit plus des autres... c'est de toi qu'il est question.

FANFAN. Comment! est-ce qu'on voudrait me dire à mon tour la bonne aventure ?

CADICHET. L'aventure est assez bonne pour toi... quant à te la dire maintenant, impossible... mais, tu la connaîtras bientôt en suivant ce monsieur, qui veut te conduire quelque part... où que ta présence est indispensable... où que tu seras bien reçu, chauffé, éclairé, blanchi, aux frais de...

AUBRY, *bas à Cadichet.* Assez, assez... il ne faut pas qu'il devine...

CADICHET, *de même.* C'est juste... (*Haut.*) Enfin, Fanfan, rends-toi à l'invitation... je t'y autorise en ma qualité de ton père... adoptif.

FANFAN. Qu'est-ce que vous m' baragouinez là, p'pa Cadichet... est-ce d' l'hébreu ou d' l'iroquois?... qu'est-ce que c'est que ce ton lamentable... on dirait que vous êtes près d'étouffer... et puis vous me regardez d'un air... il vous est donc arrivé quelque malheur ?

CADICHET, *tristement.* Au contraire, c'est un bonheur... et un fameux... qui te concerne en particulier.

FANFAN, *surpris.* Un bonheur à moi !..

et v'là comme vous me l'dites?(*A Aubry.*)
Et vous, mon bourgeois, vous voulez que
je vous suive... pourquoi, et à propos de
quoi?.. personne ne me connaît à Paris,
si ce n'est ceux chez lesquels je vais quelquefois faire des tours en société, pour
amuser les enfans et les grandes personnes
dans l'occasion.

AUBRY. Précisément, c'est pour cela
qu'on vous désire... (*A part.*) C'est le moyen
le plus prudent... (*Haut.*) Ne craignez
rien, la personne qui vous recevra récom-
pensera généreusement vos peines... elle
est bonne, aimable, et quand vous la
connaîtrez...

CADICHET. Oui, Fanfan... Quand tu la
connaîtras, tu l'aimeras, tu la chériras,
tu l'estimeras, tu la vénéreras, parce
que... je ne te dis que ça... (*Bas à Aubry.*)
Je peux encore le tutoyer, pas vrai?

AUBRY. Sans doute, sans doute.

FANFAN. Mais j'dis, en v'là-t-il du
mystère et de l'embrouillamini pour une
soirée d'exercices... comme si c'était le
diable!

AUBRY. En ce cas, partons.

CADICHET. Un instant... avant, Fanfan,
bichonne-toi, mets tes habits des dimanches,
que t'aies l'air d'un homme comme il faut...
d'un artiste...

FANFAN. Pardine, ça ne sera pas long...
en fait d'habits, j'ai qu'une redingote, et
en fait de chapeau qu'une casquette. (*Il
passe la redingote et met la casquette.*) Na! me
v'là sur mon trente-six... ah! eh!..

Chantant :
« Voilà le véritable artiste,
» Voilà l'artiste !

CADICHET. Silence!.. Ne chante donc
pas comme ça... c'est mauvais genre...
c'est cabaret... c'est petites gens...

FANFAN. Ah çà! mais, qu'est-ce qui
vous prend donc, p'pa Cadichet? la boule
n'y est plus, c'est sûr... ne plus chanter,
moi?... parce que c'est mauvais genre...
allons donc!... faut-il pas que j'aie l'air
d'un comte ou d'un baron... d'un corni-
chon... merci!

CADICHET. Fanfan, n'insulte pas la
noblesse et l'aristocratie, nous ne savons
pas ce qui nous pend au nez... de même
qu'on a vu des rois épouser des bergères,
de même on peut voir des sauteurs et des
faiseurs de tours..

FANFAN. Vive la bamboche!.. tenez,
justement j'aperçois Laïde... j'suis sûr
qu'elle pensera comme moi.

SCENE XI.

LES MÊMES, LAIDE.

LAIDE, *fredonnant dans la coulisse.*
Mire dans mes yeux
Tes yeux, etc.

FANFAN. Arrive donc, toi, la belle...
il s'agit de ton Fanfan...

LAIDE. Qu'est-ce qui est donc arrivé?

FANFAN. Rien... mais v'là-t-il pas ton
oncle qui me défend de chanter et qui veut
que j'aie l'air d'un duc et pair... d'un
argent de change, est-ce que je sais... sous
prétexte que je suis demandé pour la soirée
chez une personne... mystérieuse, par
monsieur... (*A Aubry.*) Au fait, mon
bourgeois, quelle est donc c'te personne
que je dois tant aimer, chérir, vénérer?..

AUBRY. Une femme, bonne, encore
jeune, encore belle... et qui a le plus grand
intérêt à vous voir.

CADICHET. Nà... v'là la chose... c'est-il
clair, maintenant.

LAIDE. Oui... mais, un instant, je m'y
oppose, moi... une femme encore jeune,
encore belle... qui veut se faire aimer de
Fanfan... pardine, je crois ben que c'est
clair... c'est quelque grande dame qui
l'aura vu sur les quais, sur les boulevarts,
et qui serait bien aise de faire sa connais-
sance...

CADICHET. Tais-toi, Laïde, t'as pas la
parole.

LAIDE. Mais, une minute, la petite mère,
je l'aime aussi, moi... je l'aimais avant
tout le monde, et j'entends pas qu'une
autre vienne me le souffler, quand il va
devenir mon mari... non, non, non!.. j'y
arracherais plutôt les yeux... je l'aime tant,
Fanfan.

CADICHET, *d'un ton pénétrant.* Pour la
troisième fois, taisez-vous, ma nièce...
c'est bien de s'aimer, mais avant tout,
faut faire son devoir en honnête homme; et
pis d'ailleurs, je l'ai mis dans ma colo-
quinte.

FANFAN. On s'y conformera p'pa...
allons, rassure-toi, Laïde... je me dépêche-
rai pour rentrer de bonne heure!.. si c'est
des tours qu'ils veulent, je leur z'en ferai
dans tous les genres... si c'est la bonne aventure... Dieu! je vas t'y leur z'en promettre
de ces tartines de beurre!... (*A Aubry.*)
Moi et le sac à la malice, nous sommes
tout à vous, mon bourgeois.

AUBRY. Venez... je vais faire avancer un
fiacre...

Il disparaît un instant.

FANFAN, *bas à Cadichet et à Laïde.* Et vous deux, quoiqu'il arrive... toujours fidèle au poste, toujours le même... vous savez...

AIR *Précédent.*

J' suis Fanfan l'escamoteur,
Le bat'leur,
Travaillant
En plein vent,
Dans chaque arrondiss'ment ;
Pour la souplesse et l' mouvement,
J' suis vraiment,
Un prodige étonnant !
A Cadichet.
De vos soins, dans ma jeunesse.
Toujours je me souviendrai,
D' vos conseils pleins de sagesse,
En tout temps j' vous saurai gré.

A Laïde.

Toi, rentre dans ta chambrette,
Et ne r'doute aucun malheur.
Avec toi, ru' d' la Huchette,
T' es sûr' d'emporter mon cœur,
ENSEMBLE.
J' suis Fanfan l'escamoteur, etc.
LAÏDE ET CADICHET.
T' es Fanfan l'escamoteur,
Le bat'leur,
Travaillant en plein vent,
Dans chaque arrondiss'ment ;
Pour la souplesse et l' moûv'ment
T'es vraiment
Un prodige étonnant !

Fanfan embrasse Laïde, serre la main de Cadichet qui essuie une larme ; Aubry emmène Fanfan ; Laïde court après lui en criant ; Cadichet reste anéanti.

ACTE DEUXIÈME.

Un riche appartement chez la baronne de Lormoy.

SCÈNE PREMIÈRE.

LA BARONNE, AUBRY.

LA BARONNE. Comment, il serait vrai, Aubry, vous ne me trompez pas ? Mon fils !... je le verrais ! je pourrais le presser sur mon cœur !... Ah ! mais, où donc est-il ?

AUBRY. Il a passé la nuit ici ; mais j'ai voulu qu'il ne parût à vos yeux que dans un état présentable. Ah ! dam ! il ne faut pas vous attendre, madame la baronne, à trouver en lui un jeune freluquet, aux belles manières... oh ! non... loin de là, c'est, comme je vous l'ai dit, un bon gros garçon, bien rond, bien franc, mais au langage un peu négligé, un peu commun, même... enfin ce qu'on appelle un faubourien.

LA BARONNE, *vivement.* C'est un honnête homme, au moins ?

AUBRY, *de même.* Ah ! ça, j'en réponds... d'après les informations que j'ai prises sur son compte, sur celui du brave homme qui l'a recueilli.

LA BARONNE, *lui tendant la main.* Bon Aubry, mon mari vous avait bien jugé, et il avait raison de vous aimer.

AUBRY. Ah ! c'est vous, madame, qu'il aimait !... voyez-vous, c'est au moment de la mort qu'on peut juger de ça... si vous aviez, comme moi, compris ses regards dans cet instant-là !

AIR : *A soixante ans.*

Ce fut le jour où, trahi par la gloire,
L'empire, en deuil, descendit au tombeau !
Mon général, voyant fuir la victoire,
App'lait en nous un courage nouveau,
Quand il tomba devant notr' vieux drapeau...
J' courus à lui, sa blessure était grave...
« Veill' sur ma femm', » fut tout c' qu'il m' dit, hélas !
Et je l' promis au moment du trépas ;
Car c'est sacré le dernier vœu d'un brave
Qui vous supplie et meurt entre vos bras.

LA BARONNE. Mais pourquoi avoir tant tardé à me présenter mon fils ?

AUBRY. Je n'ai pas même osé lui avouer encore que vous étiez sa mère... à cause de son état... qui, vous le savez, n'est pas ce qu'il y a de plus relevé dans le monde.

LA BARONNE. Pauvre jeune homme ! Après tout, son père lui-même, quoique sorti des derniers rangs de la société, ne s'est-il pas élevé jusqu'aux premiers ?.... Eh bien ! lui aussi, il s'instruira, et ce qu'il deviendra un jour, il ne le devra qu'à son mérite, à son travail... mais j'entends du bruit... serait-ce lui ?...

AUBRY, *regardant.* Non, madame, c'est M. Bardin, votre cousin, l'homme au procès.

SCENE II.

LES MÊMES, BARDIN, EMMA.

BARDIN , *entrant*. Eh! bonjour donc, chère cousine, combien je suis aise de vous retrouver!... vous le voyez, nous nous rendons sans façon à votre invitation...

LA BARONNE. Croyez que j'en suis bien reconnaissante.

AUBRY, *à part*. Il n'y a pas de quoi !

BARDIN, *bas à Aubry*. Je gage qu'elle va mettre les pouces.

AUBRY, *de même*. Que voulez-vous? Dans un procès , il faut bien que l'un ou l'autre.....

BARDIN, *de même*. Elle sera l'autre.

AUBRY, *de même*. Ou ce sera vous.

BARDIN , *haut*. N'allez-vous pas encore me faire accroire, que vous êtes sur le point de retrouver ce fils introuvable depuis dix-huit ou vingt ans!...

AUBRY. Parce qu'on est introuvable vingt ans, ce n'est pas une raison pour n'être pas retrouvé, et la preuve, c'est que cela est fait.

BARDIN, *vivement*. Hein!

EMMA. Il se pourrait!

BARDIN. Ah! farceur!... vous voulez plaisanter avec moi... Eh bien! soit... j'y consens... je préfère même vous voir prendre les choses gaîment... j'aime à rire.... et puisque vous le voulez, je rirai...

Il rit.

AUBRY. Oui, mais vous rirez jaune, quand vous saurez que ce fils, seul héritier des titres et des biens de son père , que M. Arthur , baron de Lormoy, enfin , est ici, dans cette maison, et que vous ne tarderez pas à le voir.

BARDIN , *stupéfait*. Pas possible!.. quoi! ce petit bonhomme, jadis perdu, volé, serait?...

EMMA. Eh bien! mais mon papa, voilà votre procès terminé.

BARDIN. Non pas, s'il vous plaît... certainement je suis loin de nier... mais il me faut des preuves authentiques pour me persuader...

On entend du bruit.

AUBRY. Vous allez en avoir.... car cette fois, c'est bien lui... c'est M. Arthur!

LA BARONNE. Mon fils!... comme mon cœur bat!... Ah! je vous en prie, cousin... rien devant lui!

SCENE III.

LES MÊMES, FANFAN , *habillé à la dernière mode , il est entouré de domestiques*.

ENSEMBLE.

Air de Roquelaure.

FANFAN, *aux domestiques*.
Vous finirez bientôt, j'espère ,
De m'ballotter de c'te manière!...
Allez-vous encor de c' pas
Me promener comm' le bœuf gras ?

LA BARONNE, *à Aubry*.
Mon Dieu! quel ton, quelle manière !
En lui nommant ici sa mère,
Tous les deux, en ce cas,
Ne nous repentirons-nous pas?

AUBRY, *à la baronne*.
Malgré ce ton, cette manière,
Nous pouvons lui nommer sa mère...
J'en suis sûr, en ce cas,
Nous ne nous repentirons pas !

BARDIN.
L'on me trompe dans cette affaire,
Mais j'éclaircirai ce mystère,
Sans les preuv's, en tout cas,
Ici, je ne me rendrai pas.

EMMA.
Malgré ce ton, cette manière,
Il se formera, je l'espère...
Sous cet air d'embarras,
Mon cousin ne me déplaît pas.

Les domestiques sortent par la gauche.

FANFAN. C'est vrai , dans c't' attirail , j' dois avoir l'air bête comme quatre..... *apercevant la société* , pardon , messieurs et dames , je ne... *à Aubry*. Tiens! c'est vous, vieux farceur!... ah çà ! voyons..... pourquoi que vous m'avez amené ici ?

BARDIN, *l'examinant*. Eh! mais , je ne me trompe pas... c'est ce garçon qui, hier, sur les quais...

FANFAN, *de même*. En effet, je vous reconnais; *regardant Emma*. V'là aussi votre demoiselle ; si c'est pour des tours qu'on m'a fait venir, vous ne pouviez pas mieux tomber... vous savez ce que je sais faire, ainsi, parlez, faites-vous servir.

Il chante :

J' suis Fanfan l'escamoteur,
Le bat'leur.

BARDIN. Merci, merci... *à part*. Eh bien! il a de jolis talens , M. le baron de Lormoy!...

LA BARONNE, *à part*. C'est là le fils du général!... le mien!... Enfin, s'il est honnête homme...

AUBRY , *à Fanfan*. Écoutez-moi , M. Arthur...

FANFAN. Arthur!..... Fanfan.... je me

nomme Fanfan..... comme vous venez de l'entendre dans la romance; et j'espère qu'à présent vous allez me dire pourquoi que vous m'avez fait souper comme un roi... coucher comme un Dieu et habillé comme un prince?... Je ne vous en veux pas, c'est vrai; mais je désire savoir ce que tout ça signifie, et où s'arrêtera le romanesque de l'aventure?

AUBRY. Ça signifie que vous êtes chez vous, que cet hôtel vous appartient.

FANFAN. Allons, bon!... en v'là ben d'une autre!...

AUBRY. Et avec lui, la terre, le château de Lormoy et le titre de baron.

FANFAN. Très-bien!... allez toujours... je devine ce qui en est... c'est un tour qu'on veut me jouer.... mais, en fait d' tours, j'm'y connais... et celui-là ne prendra pas.

EMMA, *riant*. Il est drôle, mon cousin...

LA BARONNE. Tout ce qu'Aubry vous a dit est pourtant la vérité; on vous rend l'héritage de votre père, du général Bardin, baron de l'empire.

FANFAN. Comment! le général... Bardin était...

AUBRY. Votre père.

BARDIN. C'est-à-dire... on le prétend... mais il faudra le prouver.

FANFAN, *comme frappé d'un souvenir*. Attendez donc!... En effet, le père Cadichet, qui m'a élevé, m'a toujours dit que je n'étais pas son fils, qu'il m'a trouvé, il y a près de vingt ans, au village de Gournay....

LA BARONNE, *émue*. Et c'est depuis ce temps que je suis privée des caresses de mon enfant!

FANFAN. De votre... comment!.. quoi!.. est-ce que vous seriez?...

AUBRY. Votre mère... la baronne de Lormoy!

FANFAN. Ma... ma mère!... ah! quel drôle d'effet ça me fait!... ah! madame... ma mère... j'sais pas... j'ose pas...

La Baronne lui tend la main qu'il prend et embrasse.

AUBRY, *le poussant*. Dans ses bras, dans ses bras, donc!

FANFAN, *hors de lui*. Ah! mame la baronne,.. ma mère!... je sais plus ce que je dis... faut pas m'en vouloir, voyez-vous,... j'suis abasourdi! un pan de mur qui m'tombe sur la nuque, v'là le fait!... oh! mais c'est égal, je suis content!... oh! oui, je suis content!... oh! tenez... (*Il met la main de sa mère sur son cœur.*) Sentez comme ça bat là-dedans... v'là tout! v'là tout!...

cré coquin, que je suis content!.... j'en pleure, quoi!

EMMA, *bas*. Dites donc, papa, il n'est pas trop mal, ce jeune homme.

BARDIN, *de même*. Il est affreux!... il me déshérite!

FANFAN. Ma mère!... Dieu! que ce nom-là est gentil à prononcer!...

LA BARONNE. Vous m'aimerez donc bien, Arthur?

FANFAN. Arthur... ah! oui... le nom de l'autre.... c'est-à-dire le mien.... si je vous aimerai?... mais je vous aime déjà comme si je n'avais fait que ça toute ma vie... pour la fortune, je m'en moque pas mal, j'y tiens pas... c'est-à-dire, si, j'y tiens... pas pour moi, oh! Dieu!... mais pour le père Cadichet.... oh! vous ne le connaissez pas, madame...

LA BARONNE. Madame....

FANFAN. C'est-à-dire, ma mère... ma mère... oh! dam! ça m'arrivera encore ben souvent... ma mère... voyez-vous, v'là qu'ça vient!

BARDIN, *à part*. Comme tout ça est intéressant pour moi!

FANFAN. Le père Cadichet, c'est le brave homme qui m'a élevé... vous ne savez pas comme il a été bon pour moi, le père Cadichet; ben des fois, quand j'étais petit, il s'est couché sans souper pour me laisser sa part.

LA BARONNE. Braves gens!

FANFAN. Et Laïde, donc!.. Laïde, c'est la nièce au père Cadichet... une bonne fille aussi, qui vous pince d'la mandoline, comme quiconque l'aurait inventée... encore une que j'vas rendre heureuse!

EMMA. Dites donc, papa, quelle histoire!...

BARDIN. Une histoire?... un roman!..

FANFAN. Oh! mais ne craignez rien, maman, c'est pas tout ça qui vous ruinera, ni qui diminuera votre fortune.

LA BARONNE. Ma fortune... je n'en ai pas, mon fils.... celle que votre père a laissée, vous appartient toute entière.

FANFAN. Mon père?... comment, il a fait ça?... j'veux pas en dire du mal.... mais comme ça, si l'hasard vous avait donné pour fils une... une... une canaille... j'dis l' mot, il pourrait donc vous dire : Maman, t'es ben gentille, mais, je suis chez moi, va te promener et prendre l'air... ça serait du propre!... oh! mais, un instant, nous r'arrangerons les ustensiles.

AUBRY, *ému*. Bien, bien, M. Arthur... votre père aussi voulait changer tout ça, mais un maudit boulet ne lui en a pas laissé le temps.

FANFAN. Ah ! il est mort ?

AUBRY. Sur le champ de bataille.... à mes côtés... en me recommandant sa femme qu'il laissait sur le point d'être mère... et son enfant, que plus tard...

FANFAN. Ah ! je comprends...... alors c'est différent... respect à sa mémoire !...

LA BARONNE. J'espère, Arthur, que vous vous montrerez digne de porter le nom de votre père...

FANFAN. Quant à ça, maman, soyez tranquille.. je porte lourd, allez !.. (*Aubry lui fait des signes.*) Non, je veux dire que je ferai tout ce que vous me direz de faire... je m'instruirai. (*A Aubry.*) Ça sera pas difficile, je fais tout ce que je veux de mon corps... des culbutes... des fricassées... des omelettes sans beurre..... Chaud ! chaud !.. vous verrez si la boussole est en retard ; mais pour l'instant, c'est pas tout ça... le père Cadichet sait-il tout ce qui m'arrive ?

AUBRY. A peine ai-je eu le temps de l'instruire !

FANFAN. Comment ! il ne connaît pas la révolution des boutons de guêtres ? eh ben ! il doit être fièrement inquiet, et Laïde donc ! (*Il prend son chapeau.*) J'y vas tout de suite.

LA BARONNE. Cela est inutile, je vais les faire prévenir, pendant que vous viendrez avec moi visiter votre hôtel.

FANFAN. Le vôtre, maman, ou nous nous fâcherons.

LA BARONNE. Votre père le tenait de la bonté de l'empereur.

FANFAN. De l'empereur ! Napoléon ? un fameux ! mon père l'a vu ! lui a parlé ?

AUBRY, *avec fierté.* Oui, et moi aussi.

FANFAN, *en extase.* Vous aussi ! (*Il va lui serrer la main.*) Voilà, père Aubry !

LA BARONNE. Venez-vous, Arthur ?

FANFAN. Oui, maman.

BARDIN. Moi, pendant ce temps, cousine, je vais vous quitter pour une affaire indispensable ; Emma se retirera dans notre appartement, afin de vous laisser seule avec votre... avec ce garçon.

LA BARONNE. A votre aise, cousin.

AIR *d'une Walse nouvelle.*
Ne tardez pas, car aujourd'hui j'éprouve,
Mon cher cousin, un plaisir enchanteur !
Je veux fêter le fils que je retrouve...
BARDIN *affectant de sourire.*
Je partage votre bonheur.
Plaider encor serait indigne...
Aussi, loin de vous tourmenter,
Moi, à mon sort, je me résigne,
A part.
De ce pas, je vais consulter.
ENSEMBLE.
C'est bien son fils, ici tout me le prouve ;

Quand j'accourais, plein d'un espoir trompeur,
Il faut, hélas ! qu'en ces lieux je retrouve,
Dans ce magot, un cousin de malheur.
AUBRY, *le regardant.*
Ah ! je comprends le chagrin qu'il éprouve,
Le cher cousin enrage au fond du cœur,
Car le parent qu'en ce jour il retrouve
Vient renverser ses projets de malheur !
FANFAN.
Vraiment, au plaisir que j'éprouve,
Je crois rêver, parol' d'honneur !
Un' bonn' mèr' qu'ici je retrouve,
Pour moi c'est-y pas du bonheur !
EMMA.
Je comprends bien le plaisir qu'elle éprouve,
Et le partage de grand cœur.
Car, en ce jour, le fils qu'elle retrouve
Va terminer ce procès de malheur !
LA BARONNE.
Ne tardez pas, car aujourd'hui j'éprouve,
Mon cher cousin, un plaisir enchanteur !
Je veux fêter le fils que je retrouve,
Pour moi c'est un jour de bonheur.

Ils sortent par la droite, excepté Aubry.

SCENE IV.

AUBRY, *puis* CADICHET *et* LAIDE.

AUBRY. Ah ! maintenant, je suis content de moi ; le fruit de mes veilles et de mes peines ne sera pas perdu... entre le bonheur d'une maîtresse si bonne et la cupidité d'avides collatéraux, je n'avais pas à balancer ; la volonté de mon général sera accomplie.

CADICHET, *dans son premier costume, et portant sur son dos le tambour et la petite table pliante ; à la cantonnade.* Par ici, Laïde ; par ici, nous devons le rencontrer dans ces salons, à ce qu'a dit le concierge.

LAIDE, *portant toujours sa mandoline en sautoir.* Eh ben ! en attendant, déposons notre attirail. (*Apercevant Aubry.*) Eh ! mais, regardez donc, mon oncle, v'là l' vieux qu'a emmené Fanfan !

CADICHET. Ah ! c'est ma fine vrai. (*Allant à lui.*) Pardon, excuse, mon ancien, si moi et ma nièce nous osons nous présenter chez vous avec nos ustensiles et dans un accoutrement très-peu analogue à la circonstance, mais nous ne pouvions plus y tenir, il nous faut des nouvelles de Fanfan.

LAIDE. Oui, monsieur, dites-nous où qu'il est, c' qu'il est devenu, s'il est content, mon oncle en sèche d'inquiétude, et moi j'en suffoque, quoi !

AUBRY. Tranquillisez-vous, il n'a pas à se plaindre de son sort, et j'allais précisément me rendre chez vous pour vous rassurer sur son compte, et vous prier, de sa part, de venir ici recevoir les remercîmens de madame la baronne.

LAIDE, *bas à Cadichet.* Entendez-vous,

mon oncle, il pensait à nous, il voulait nous revoir.

CADICHET, *de même.* Nà, quand je te le disais! tu ne veux jamais me croire! je connais son cœur, c'est du sûr, c'est du solide, ça ne s'escamote pas, ça.

LAIDE, *à Aubry.* Ah çà! c'te dame chez qui Fanfan est venu, comment le trouve-t-elle? et lui, répond-il à ses avances? quel âge a-t-elle au juste? est-elle plus jolie que moi? paraît-elle l'aimer autant? oh! parlez, je vous en prie, vous voyez bien que j' peux pus y tenir.

AUBRY. Comment une mère n'aimerait-elle pas son fils?

LAIDE. Son fils! c'est son fils! vous entendez, père Cadichet; c'te dame, c'était la mère de Fanfan! et moi qui croyais... moi qui m'imaginais... oh! qu' c'est bête d'être sensible comme ça! soutenez-moi, mon oncle, j'ai pus de cœur, j'ai pus de jambes, j'ai pus rien! j' m'en vas.

Elle se laisse aller dans ses bras.

CADICHET, *lui frappant dans la main.* Laïde, Laïde, n' va pas faire de bêtises comme ça dans une maison honnête, chez une noble, chez la mère de Fanfan!

LAIDE. Sa mère! c'est donc bien vrai! vous le saviez aussi, vous, et vous ne m'en préveniez pas! me laisser sangloter comme une Madeleine toute la nuit, quand vous n'aviez qu'un mot à me dire! allez, vous êtes un égoïste.

CADICHET. Est-ce que je pensais à ça, moi, puisque je pleurnichais aussi, en réfléchissant au bonheur qui l'attendait, c' pauvre garçon! au point que j'en ai encore les yeux en compote.

AUBRY. Allons, allons, mes amis, remettez-vous... M. Arthur vous rassurera lui-même en vous recevant. Je vais le prévenir de votre arrivée.

LAIDE. Arthur! ah! il s'appelle Arthur! dites donc, père Cadichet, saviez-vous encore ça?

CADICHET. Non... Arthur! c'est drôle, jamais je ne pourrai m'habituer à ce nom-là... mais, bah! Arthur, Eustache ou Nicolas, qu'est-ce que ça fait à la chose? l'important, c'est qu'il nous aime toujours. (*A Aubry.*) Ah! dites donc, vous nous permettez de déposer toutes nos bucoliques ici, n'est-ce pas?

AUBRY. Tenez, dans ce cabinet, pendant que je vais chez M. Arthur.

Il sort.

SCÈNE V.

CADICHET, LAIDE.

CADICHET. M. Arthur... il y tient! débarrasse-moi de mon cuivre, Laïde. (*L'aidant à mettre ses ustensiles dans le cabinet.*) M. Arthur! avalez donc des serpens avec un nom comme ça! ça ne voudrait jamais passer.

LAIDE, *après avoir ôté sa mandoline.* C'est sa mère, mon oncle, c'est sa mère!

CADICHET. Et qu'est-ce que tu voulais donc que ça soit, bêtasse?

LAIDE. C' que j' sais, moi? une dame qui fait enlever Fanfan, qui l'aimait en secret, ça n' pouvait-y pas être autre chose?

CADICHET. C'est juste, ça pouvait être sa tante. Mais, vois-tu Laïde, se fourrer de la jalousie dans la tête pour un baron, c'est inconvenant, voilà mon opinion.

LAIDE. Mais si c'est plus fort que moi, père Cadichet?

CADICHET. C'est pas des raisons, Laïde. Faut être philosophe... la société est une échelle où qu'on ne peut pas tous se tenir perchés sur le même bâton; la noblesse a encore ses priviléges, quoi qu'on en dise; les nobles auront peut-être du mal, mais ils ne périront jamais: c'est fâcheux pour la basse classe, mais faut ça pour l'équilibre social... et en fait d'équilibre, je peux, sans me flatter, en parler aussi savamment que qui que ça soit, à preuve que j'en suis professeur... d'équilibre.

LAIDE, *étouffant.* Je vois ben ce que vous voulez dire... qu'entre moi et Fanfan...

CADICHET. Il y a un occéan de distance, et que tu dois l'oublier.

LAIDE, *tirant son mouchoir de sa poche et s'essuyant les yeux.* C'est bien facile à dire ça, quand on n'a jamais aimé, comme vous peut-être, père Cadichet.

CADICHET. Comme moi? si tu m'avais connu dans le temps que j'étais premier paillasse chez M. Forioso et plus tard chinois au cirque du Mont Thabor... j'étais toujours prêt à m'enflammer comme de l'amadou, mais jamais pour des baronnes, j'étais trop fier pour ça.

LAIDE. Suffit, père Cadichet, j' vas tâcher d'être philosophe aussi, d'oublier Fanfan; mais j'ai bien peur d'en être pour mes frais, et si j' peux pas en venir à bout je m' noie ou j' m'asphyxe, je vous en préviens.

CADICHET. Ne t'asphyxe pas, Laïde.

FANFAN, *en dehors.* Où sont-ils? où sont-ils?

CADICHET. Le v'là, le v'là ! cache ton mouchoir et ton chagrin dans ta poche, il ne faut pas qu'une femme montre ses faiblesses.

Il lui essuie les yeux et remet le mouchoir dans la poche de Laïde.

SCENE VI.

LES MÊMES, FANFAN.

FANFAN, *en entrant.*

AIR : *Mire dans le puits tes yeux.* (Loïsa Puget.)

Enfin, je r'vois les amis
Objets d' ma tendresse,
Embrassez-moi puis
Qu' j'y suis,
J' veux tous mes profits.
Chaud, chaud ! pour ça pas d'paresse,
Vraiment, j' suis
Dans l' paradis.

Il les embrasse.

Me v'là r'quinqué, mais j' l'atteste,
Là-d'dans n'y a rien d'dérangé,
Si l'habit remplac' la veste,
L' cœur du moins n'est pas changé.

ENSEMBLE.

Enfin, je r'vois les amis, etc.

CADICHET *et* LAÏDE.

Enfin, tu r'vois les amis
Dont t'as la tendresse,
Embrass'-moi pendant qu' j'y suis,
Ce sont nos profits.
Chaud, chaud ! pour ça pas d' paresse,
Vraiment, j' suis
Dans l' paradis !

LAÏDE. C'est donc bien lui ! c'est Fanfan !

FANFAN. Eh ! oui, qu'on vous dit, c'est moi, et en personne naturelle encore.

LAÏDE. Queux beaux habits ! queue belle toilette ! queu linge !

FANFAN. Mes habits ! ah ! v'là grand chose ! et l'hôtel, les domestiques, les glaces, les chevaux, la cuisine, tout est à moi, ou plutôt à ma mère.

CADICHET. Est-il de Dieu possible !

FANFAN. Avec ça des terres, un château, des bois, des foins, de la luzerne, est-ce que je sais ! le marquis de Carabas, quoi ! et c'est à moi que mon père a laissé tout ça... mais pus souvent, j' veux pas déshériter ma mère.

CADICHET. Bravo, t'as raison, Fanfan, tu t'es rappelé les principes que je t'ai inculqués.

FANFAN. Oh ! c'est qu'elle est fameusement bonne, ma mère, et pas mal encore, allez... mais c'est mon père qu'il fallait voir ! tout-à-l'heure, je viens d'envisager son portrait... cré coquin, quel homme ! il n'aurait pas tenu ici... et des mousta-

ches longues de ça... un crâne, un chien fini, quoi !

CADICHET. C'était un soldat ?

FANFAN. Un soldat ?... ouiche ! je t'en souhaite... un général.

LAÏDE *et* CADICHET, *étonnés.* Un général !

FANFAN, *se redressant.* De l'empereur.

CADICHET, *ôtant son chapeau.* De l'empereur ! Laïde, faites la révérence... c'est au fils d'un général que je faisais faire des culbutes ! c'est fabuleux.

FANFAN, *avec fierté.* J' disais aussi, j'étais trop élastique, c'était pas naturel... (*A Laïde qu'il voit pensive.*) Eh ben ! à quoi donc que tu penses, toi, Laïde ?

LAÏDE, *tristement.* Je pense que votre mère qu'est riche, qu'est baronne, ne voudra plus que je devienne votre femme, à présent.

FANFAN. En v'là une qu'est gnole !... puisque je te dis que c'est une bonne femme de baronne... tout-à-l'heure, elle m'a dit que je pourrais faire pour vous ce qui me plairait... aussi, pour commencer, j'entends que vous soyez autrement ficelés que ça... tenez, dans mon genre... toi, Laïde, tu peux choisir les guingans les plus à la mode... et vous, père Cadichet, vous pouvez, dès aujourd'hui, lâcher le pantalon à sous-pied, la redingote blanche doublée d'écossais et le chapeau de feutre en soie.

CADICHET, *étourdi.* Oh ! pas possible !... je le dis derechef et en réitirant, c'est fabuleux !

FANFAN. Ah çà ! mais, j'y pense... comment donc que vous avez fait pour me déterrer ?

LAÏDE. C'est moi, donc... hier, quand je vous ai vu partir, mon oncle a eu beau vouloir me retenir, ah ben, oui !... je me suis mise à courir derrière votre voiture que j'ai suivie jusqu'ici.

FANFAN. Pauvre Laïde !... comment t'as couru tant que ça derrière, quand il y avait de la place dedans...

LAÏDE. Je suis restée à la porte de l'hôtel, trois grandes heures à attendre ; mais quand j'ai vu que vous ne ressortiez pas, que les fenêtres se fermaient, que toutes les lumières s'éteignaient, il a bien fallu me décider à retourner à la maison.

CADICHET. Et dans quel état, Dieu du ciel !

FANFAN. Elle était crottée ?...

CADICHET. Les yeux gros comme des ballons !... et le cœur, ben pus gros encore... enfin, elle n'a rien mangé, ni moi non plus... mais c'est pas le tout ; c' matin, à peine il faisait jour, qu'a fallu se lever et qu'elle m'a entraîné par ici...

FANFAN, *avec fatuité.* Je suis sûr que c'est encore la jalousie qui la talonnait..., pauvre Laïde!... faut avouer que je suis un coco bien heureux!

LAÏDE. Dam! Fanfan, quand on aime...

FANFAN. Mais, regarde-toi donc... est-ce qu'on peut jamais t'oublier, avec une petite frimousse comme ça?

LAÏDE. Est-il galant, Fanfan!

CADICHET. C'est moi, quoi!... c'est moi, à son âge... tout craché...

FANFAN. Oh! père Cadichet, v'là ma mère!

LAÏDE. La baronne!...

CADICHET. Sapristi! queu taffe que je ressens! j'ai le trac.

~~~~~~

SCENE VII.

Les Mêmes, AUBRY, LA BARONNE.

LA BARONNE. Eh quoi! Aubry, le brave homme qui a recueilli mon fils serait ici?

AUBRY. Oui, madame, le voilà!

Il disparaît.

FANFAN, *à Cadichet et Laïde.* Hein!

CADICHET, *la reluquant.* Oh! soignée! chouetto!

FANFAN. Maman, c'est le brave homme en question.

LA BARONNE. Approchez, approchez, mon ami.

FANFAN. Avancez donc, ne craignez rien, p'pa Cadichet.

CADICHET, *saluant à plusieurs reprises.* Vous êtes bien bonne, madame la duchesse.

FANFAN, *lui soufflant.* Baronne!

CADICHET. Ah! oui, baronne.

FANFAN. Vous voyez devant vous le fameux Cadichet, doyen de l'escamotage, ayant travaillé sur la corde et le cheval, avant d'exploiter la voie publique... ancien élève de Forioso et de feu Franconi premier!

CADICHET, *saluant toujours.* Excusez, si nous nous présentons chez vous en voisins; mais la tenue ici présente est notre plus belle, vu que nous n'en avons pas d'autre pour l'instant...

LA BARONNE. Qu'importe?... n'est-on pas toujours assez bien pour visiter les heureux qu'on a faits?

CADICHET. Trop honnête, mame la comtesse.

FANFAN. Baronne!

CADICHET. Ah! oui, que je suis bête!

LA BARONNE, *regardant Laïde.* Et quelle est cette jolie enfant?

FANFAN. C'est Laïde... un beau brin de fille, allez... et bonne... et sensible... avec ça, pétrie de talens que ça fait trembler!... sachant jouer de la mandoline et du trombonne comme une princesse espagnole.

CADICHET. Quant à ça, c'est bien vrai, madame la marquise.

FANFAN. Baronne!

LAÏDE. Allez, madame, si vous saviez avec quel plaisir j'ai appris que vous étiez la mère de Fanfan... ou plutôt de monsieur Arthur... parce que, d'abord, je n'avais-t'y pas cru... je ne m'étais-t'y pas mis dans la tête...

LA BARONNE. Quoi donc?

FANFAN. Oh! rien... des idées qu'elle avait comme ça... nous vous dirons ça plus tard.

LA BARONNE. Allons, rassurez-vous tous, et pour vous prouver que je vous sais gré de votre visite, je veux que vous passiez la journée à l'hôtel, vous y dinerez...

CADICHET, *bas à Fanfan et Laïde.* Bon... fameux... entendez-vous, elle nous invite à dîner, rien que ça... Accepté, mame la princesse.

FANFAN. Baronne!

CADICHET, *bas.* Pardon, ça m'est échappé... mais c'est fini, baronne... je ne sors pas de là. (*Haut.*) Vive madame la baronne et son illustre!...

FANFAN. Assez, assez, p'pa Cadichet, v'là le cousin!..

Il prend à part Laïde et Cadichet, et cause à voix basse avec eux pendant ce qui suit.

~~~~~~

SCENE VIII.

Les Mêmes, BARDIN.

BARDIN, *entrant sans voir Cadichet.* Me voici de retour, comme vous voyez, chère cousine, je n'ai pas oublié l'heure du diné, je sors de chez mon avoué à qui j'ai expliqué toute l'affaire... et il me conseille...

LA BARONNE. De ne plus plaider, j'espère...

BARDIN. Du tout; un avoué!... il convient que les choses ont changé de face, mais il ajoute qu'il n'y a pas de preuves certaines, que cela peut durer long-temps, qu'on ne doit pas s'en rapporter au dire d'un banquiste, d'un homme de rien, d'un Cadichet, enfin!...

CADICHET, *qui a entendu.* Qu'est-ce qu'appelle?

BARDIN, *l'apercevant.* Cet homme ici!

CADICHET. Mais oui, que j'dis... (*Bas à Fanfan.* Qu'est-ce qu'il a donc ce monsieur, avec son air de nous traiter par-dessous la jambe?...

FANFAN. C'est le monsieur... sur le quai... vous savez... il se trouve être le cousin de la succession...

CADICHET. Oui, oui... je comprends...

LA BARONNE. Vous avez donc quelque proposition à me faire?

BARDIN. Une excellente... et qui arrangerait tout au gré de nos communs souhaits... je suis plein d'idées, quand je m'y mets...

Il lui parle bas.

FANFAN, *bas à Cadichet.* Ah çà! qu'est-ce qu'il a donc, au fait, ce coco-là, à parler tout bas à maman?...v'là un cousin qui commence à m' scier l' dos!

CADICHET, *de même.* Et moi donc... si ce n'était le respect que je vous dois, j'y repasserais volontiers un petit renfoncement sur la tête... j' parie que j'amène trois cents...

LAIDE, *de même.* Mon oncle... de la tenue... songez chez qui vous êtes...

BARDIN, *à la baronne.* Eh bien! qu'en dites-vous?

LA BARONNE. Mais, en effet, ce projet pourrait s'accomplir.

AUBRY, *rentrant.* Madame la baronne est servie.

CADICHET, *bas à Laide et à Fanfan.* Oh! fameux! comme ça se trouve!

LA BARONNE. Arthur, donnez-moi la main... (*Bas à Bardin.*) Venez, cousin, nous causerons de tout cela à table.

CADICHET, *présentant la main à Laide.* Mademoiselle ma nièce, voulez-vous bien permettre aussi?..

LA BARONNE. Aubry, n'oubliez pas que ces bonnes gens dînent à l'hôtel... veillez à ce que rien ne leur manque.

AUBRY. Comptez sur moi... (*A Cadichet et Laide.*) Restez, vous dînerez à la cuisine.

CADICHET. Plaît-il?

FANFAN. A la cuis... par exemple!

AUBRY, *bas à Fanfan.* Monsieur Arthur oublie que, par considération pour Mme la baronne, il serait inconvenant de...

FANFAN, *bas.* Ah bah! vraiment? tiens, tiens, tiens... et moi qu'avais pas pensé à ça... dites donc, p'pa Cadichet, entendez-vous?

CADICHET. Faudrait donc que je sois sourd... C'est mon carrick noisette qu'est un peu trop mûr.

LAIDE. Et moi, ma robe d'indienne qui n'est pas à queue.

LA BARONNE. Mon fils, je vous attends...

AUBRY, *bas à Fanfan.* Monsieur Arthur, il le faut, la main à votre mère...

FANFAN. Me v'là, maman, me v'là. (*A part.*) J'ose pas lui dire ce que j'éprouve... à c'te pauvre Laide qui va me trouver fier... Dieu de Dieu! si elle savait ce qui se passe là... c'est drôle, j'ai pus faim du tout!

ENSEMBLE.

AIR: *Ave Maria.* (Louisa Puget.)

Chers parens, allons, à table,
Oublier guerre et procès...
Qui mieux qu'un banquet aimable
Sait disposer à la paix?

FANFAN, *regardant Laide.*

A c' repas je n' mang'rai guère
Et je préfer'rais vraiment
Ceux que nous faisions par terre,
Quand nous dînions en plein vent.

CADICHET et LAIDE,

Sans nous, ils vont s' mettre à table;
J' m'attendais pas, je l' promets,
A subir un coup semblable
Au moment où j' le r'trouvais?

LA BARONNE, BARDIN, AUBRY.

Chers parens, allons } à table, etc.
Sans tarder allez }

Fanfan sort en donnant la main à la Baronne et jette un regard de regret sur Laide et Cadichet; Bardin les suit.

SCÈNE IX.

CADICHET, LAIDE, AUBRY.

CADICHET, *tombant sur une chaise.* En v'là d' la vexation!... moi qu'avais cru que je dînerais comme une altesse... forcé de dîner comme un palefrenier!

AUBRY, *vivement.* Y pensez-vous? on aura pour vous les plus grands soins.

LAIDE. Et d'ailleurs, qu'est qu' ça fait ça, mon oncle... vous êtes trop sur votre bouche aussi... c' n'est pas à leur dîné que j' pense, allez!...

CADICHET. Toi, c'est possible... mais moi, j'y songeais... tout le monde pense à dîner... plus ou moins... c'est la loi de la nature, et je respecte toutes les lois, celle-là, surtout!... vu que c'est la plus belle qu'on ait jamais inventée!... on ferait quinze chartes et dix-sept révolutions, que ce serait toujours la base fondamentale de tous les députés.

AUBRY, *souriant.* Vous avez raison, père Cadichet, et si vous voulez m'en croire, vous irez vous mettre à table.

CADICHET. Au fait, vous avez raison... Allons, Laide, résigne-toi, et descendons à la cuisine... Justement je sens une odeur de bœuf à la mode et de tourte aux godiveaux... qu'embaume... Il en restera peut-être... je me permets de l'espérer.

AIR : *Le joli mariage.*

Maintenant bannis tes alarmes,
Tout s'arrangera pour le mieux,
En mangeant on n' verse pas d' larmes,
Et tu verras qu' nous s'rons heureux.

AUBRY.
Là-bas allez m'attendre...

LAÏDE.
A tabl', rien n'appais'ra mon cœur,
Et je n' peux vous comprendre.

CADICHET.
C'est qu' tu n' comprends pas l' vrai bonheur.

ENSEMBLE.

Maintenant bannis tes alarmes, etc.
AUBRY.
Allons, bannissez vos alarmes, etc.

Cadichet sort avec Laïde, par le fond.

SCÈNE X.

AUBRY, *puis* FANFAN.

AUBRY. Pauvre petite, elle semble deviner le sort qui l'attend... Au fait, un mariage entre eux est maintenant impossible !

FANFAN, *qui jette sa serviette en entrant.* Ah ! à la fin de ça, ils m'embêtent !...

AUBRY. Qui donc, monsieur Arthur ?

FANFAN. Pas maman, oh ! non, la pauvre chère femme ; mais le cousin, le floueur de la grande armée...

AUBRY. Mais qu'avez-vous donc contre votre cousin ?

FANFAN. Comment ! est-ce qu'il n'a pas amené avec lui un notaire !

AUBRY. Un notaire ?...

FANFAN. Oui ! si bien qu'ils ont parlé d'affaires, que je m'amusais... comme deux particuliers dans trois chambres !... Enfin, ils n'ont rien vu de mieux, pour couper court, que de s'arranger amicablement, en faisant... comment qu'ils appellent ça ?... une... une...

AUBRY. Une transaction ?...

FANFAN. Juste, une... comme vous dites... Mais un instant ! le Bardin ne voulait-il pas la moitié de la succession à lui tout seul, et puis l'autre moitié pour ma mère et moi... Mais minute, que j'ai dit, ça me va peu ! Un quart pour vous, les trois autres quarts pour ma mère, et le reste pour moi, que j'ai ajouté, ça vous botte-t-il?... Oui ; touchez là !

AUBRY, *vivement.* Il a accepté ?...

FANFAN. Oui. Je suis rond en affaires, comme vous voyez, et je ne pense pas qu'à moi... Mais que voulez-vous, j'suis pas banquier, moi, j'suis banquiste, j'enfonce pas mes actionnaires.

AUBRY, *vivement.* Et tout est fini... signé ?...

FANFAN. Ah, bah !.... il a encore mis une condition, et v'là ce qui me jugule.

AUBRY. Une condition ?...

FANFAN. Oui, une idée infirme qui vient d' l'y pousser au Bardin... Est-ce qu'il ne veut pas me marier avec sa fille ?

AUBRY. Ah ! oui, je comprends.

FANFAN. Et moi donc... Il veut que sa fille épouse les trois autres quarts de la succession dans la personne de M. Fanfan Arthur ?..... Cré coquin, que je bisque !...

AUBRY. Et enfin ?...

FANFAN. Enfin... enfin... On m'a poussé, pressé.... Maman m'a dit que ce mariage ferait son bonheur... Elle a pleuré, le cousin a pleuré, le notaire a pl..... Ah ! non, ça n'pleure pas un notaire, il a griffonné, lui ; moi j'ai marronné, et tout est parataphé, la transaction, la promesse... Tenez, v'là l'une et puis v'là l'autre.

AUBRY, *les examinant.* Bien, monsieur Arthur, bien ; ce que vous avez fait là est d'un bon fils.

FANFAN. C'est d'un bon fils, possible ; mais c'est d'un mauvais cœur, cette pauvre Laïde n'méritait pas ça.

AUBRY. Mais votre cousine, que dit-elle de ce mariage ?...

FANFAN. Elle n'en sait rien, cette chère enfant... que je ne peux pas souffrir ; ils l'ont éloignée pour me conter ça.

AUBRY, *à part.* Ah ! maintenant, il le faut.... Je dois rompre le silence... Grâce à cette transaction, je n'ai plus rien à craindre... Pauvre garçon !... (*Haut.*) Touchez là, jeune homme, ce que avez fait tout-à-l'heure est bien, très-bien, et quelle que soit la fin de tout ceci, vous pouvez compter sur l'attachement du vieil Aubry !....

Il lui presse la main de nouveau et sort.

SCÈNE XI.

FANFAN *seul.*

Son attachement !... Qu'est-ce qu'il veut encore dire avec tous ses salamalecs ? Ah ! je ne sais pas... mais v'là des mystères, des fantasmagories qui commencent copieusement à me tirer les jambes... (*On entend du bruit.*) Aïe, aïe, j'entends Laïde et le papa Cadichet qui reviennent ; il ne me manquait plus que ça... Qu'est-ce que je vas leur dire?...

~~~~~~

SCENE XII.

FANFAN, CADICHET, LAIDE.

CADICHET, *à Laïde.* Allons, allons, Laïde, viens reprendre nos bucoliques, et...

LAIDE, *apercevant Fanfan.* Ah! c'est lui, mon oncle, c'est lui!

FANFAN, *à part.* J'peux plus m'soutenir... J'ai les pieds dans une poêle à frire!... (*Haut, en feignant de sourire.*) Vous v'là, p'pa Cadichet?...

CADICHET, *soupirant.* Oui, monsieur le baron, nous v'là; mais ce n'est pas pour long-temps.

FANFAN. Comment! et pourquoi ça?... Qu'est-ce que c'est donc que ces physiques-là?... Vous êtes tous deux jaunes comme des coings... Est-ce qu'il y avait du vert-de-gris dans les castroles?...

CADICHET. Du tout, c'est pas ça, l' fricot était parfait, c'est l'appétit qui n'était pas bonne... Par ainsi, excusez si nous venons prendre congé de vous; mais ayant appris par messieurs vos gens que vous alliez vous marier à une autre...

FANFAN, *à part.* Me v'là tout-à-fait sur l' gril!

CADICHET. Si nous restions plus long-temps dans votre hôtel, Laïde, ma nièce ici présente, m'a menacé de se détruire de fond en comble, et nous venons reprendre nos ustensiles...

FANFAN, *vivement.* Vous ne reprendrez rien du tout, et j' défends que vous me quittiez.

LAIDE, *pleurant.* A quoi que ça sert de nous retenir... ir... ir... ir...; puisque vous allez épouser vot' cousine... ine... ine... ine...

FANFAN. Elle pleure, à c't' heure! (*Cherchant à la calmer.*) Mais il le fallait bien... il s'agissait d'assurer le sort de maman.

LAIDE. Partons, mon oncle.

FANFAN, *la retenant.* Mais comprends donc, c'était pour arrêter les frais de justice; car les procès ça fait vis sans fin!

CADICHET. Pour ça, Laïde, monsieur le baron a raison... Les plaideurs, vois-tu, c'est sans comparaison comme les deux chiens de la mythologie, qui se sont dévorés jusqu'à ce qui ne reste plus que leurs deux queues.

LAIDE. Vous avez beau dire, mon oncle, je n' veux rien entendre...

FANFAN. D'ailleurs, n'aie donc pas peur, ma cousine ne voudra jamais de moi.

LAIDE. Joliment! Faudrait qu'elle soit fièrement difficile... Le jeune homme le plus spirituel du quai de la Ferraille, le plus gai, le plus aimable...

FANFAN. Moi, aimable?... Un grossier, un vrai pain d'orge.

LAIDE. C'est pas vrai.

FANFAN. J'te dis que si... j'suis un grossier...

LAIDE. J'vous dis que non, là.

FANFAN. Je vous dis que si.

LAIDE. J' vous dis que non.

CADICHET, *criant.* Ah! à la fin d' ça, voulez-vous taire vos becs?... Ah! pardon, monsieur le baron... V'là le cousin avec la prétendue!

FANFAN. Ah! les v'là!... tant mieux... Vous allez voir!...

~~~~~~

SCENE XIII.

LES MÊMES, BARDIN, EMMA.

BARDIN, *entrant sans les voir.* Oui, ma fille, oui, tout est convenu avec la baronne, tu épouses son fils.

EMMA. Mais, mon père, vous savez bien que M. Anatole...

BARDIN. Silence, mademoiselle... voilà votre cousin, ne songez qu'à lui plaire... (*Allant à Fanfan d'un air aimable.*) Cher cousin, j'ai l'honneur de vous présenter votre future...

LAIDE, *bas.* Nà! vous l'entendez, mon oncle?

FANFAN. Certainement, monsieur mon cousin... (*A Cadichet et Laïde.*) Vous allez voir... (*A part.*) Ah! tu veux que je t'épouse!...

Il va vers Emma.

LAIDE, *bas.* Ah! mon oncle, il va près d'elle.

CADICHET, *de même.* Eh ben! tu n'veux pas qu'il l'y parle, ce jeune homme?...

BARDIN, *à sa fille.* Tu vas voir qu'il est très-gentil.

FANFAN. Mademoiselle ma cousine, on veut que je devienne votre mari, soit, j'y ai consenti parce qu'il faut être poli avec sa famille... Vot' père vous a peut-être dit de faire des manières avec moi, à cause de mon argent, mais j'ai tout laissé à maman; ainsi, point de cérémonies...

EMMA, *bas.* Mais, papa, je ne pourrai jamais...

BARDIN, *bas.* Taisez-vous.

FANFAN. Dites donc, mademoiselle, on

dirait que ça vous fâche que je devienne vot' mari?...

EMMA. Mais, monsieur...

BARDIN, *vivement.* Par exemple!..

FANFAN. Faudrait le dire... (*Aux autres.*) V'là comme je suis aimable!

BARDIN. Du tout, cousin, du tout... Si ma fille ne laisse pas éclater toute sa joie, c'est par retenue, retenue bien naturelle à son sexe et à son âge.

FANFAN, *à part.* Amen!

BARDIN. Et puis plus tard, vous vous entendrez mieux.

FANFAN. Plus tard?... Je serai de même pour changer... Me v'là, j'suis comme ça, c'est à prendre ou à laisser.

EMMA. Bien sûr qu'on vous laissera.

BARDIN. Ma fille...

FANFAN. Qu'on me laisse, et j' donne du retour.

EMMA. Grossier!

FANFAN, *aux autres.* Qu'est-ce que j'ai dit?

BARDIN. Mais pourtant, cousin...

FANFAN. Rien, rien; j'entends rien, j'ai promis d'épouser, mais j'ai pas promis de changer.

LAÏDE. Quel espoir!

EMMA. Vous n'êtes qu'un brutal!

BARDIN. Emma...

FANFAN, *à Laïde.* Brutal! hein!

EMMA. Et jamais vous ne serez mon mari.

FANFAN. Ça m'est bien égal.

BARDIN. Oui, mais ça ne me l'est pas; vous avez ma parole, j'ai la vôtre; bien plus, une promesse en bonne forme, et ce mariage se fera.

<hr>

SCENE XIV.

Les Mêmes, LA BARONNE, AUBRY.

LA BARONNE, *qui a entendu.* Non, cousin, non, ce mariage est désormais impossible.

TOUS. Impossible!

BARDIN. Que dites-vous?

LA BARONNE. La vérité! Apprenez un secret qui vient de m'être révélé à l'instant même.

TOUS. Un secret!

LA BARONNE. Ce jeune homme, qu'on a trompé, comme je le fus moi-même, ce jeune homme n'est pas mon fils.

TOUS. Il se pourrait!

LA BARONNE. Le mien, celui du général, mourut le jour même de sa naissance.

FANFAN. Enfoncé l'Arthur!

LA BARONNE. Mais un ami dévoué, trop dévoué peut-être, pour me conserver la fortune de mon mari, substitua un autre enfant à la place de celui que la mort venait de m'enlever; mais, je le jure, je fus innocente de tout ceci.

AUBRY. Oui, sans doute, car c'est moi qui fit tout pour remplir les dernières intentions de mon général, tout en me passant de son testament, devenu invisible chez son notaire, votre parent, M. Bardin.

BARDIN. Malédiction!

AUBRY. A cette époque, une pauvre femme logeait dans une mansarde de l'hôtel que nous habitions alors, rue Saint-Honoré; elle venait aussi d'être mère, le même jour que Mme la baronne; je me rendis près d'elle en toute hâte; je vis la misère la plus affreuse, et pourtant un enfant frais et bien portant... la promesse que je fis à cette malheureuse mère de rendre son fils à jamais riche et heureux, en lui donnant un autre nom que le sien, triompha de son hésitation; elle m'abandonna le pauvre petit qu'elle couvrit de baisers et de larmes. Le fils du baron de Lormoy fut enterré comme celui de la pauvre femme; le fils de la pauvre femme fut reconnu comme l'héritier de mon général, et cet enfant, madame, qui nous a causé tant d'inquiétude et de joie, n'est autre que le brave garçon que vous voyez devant vous, et qui vient d'assurer pour jamais votre bonheur.

TOUS. Fanfan!

BARDIN. Et je ne l'avais pas deviné!

FANFAN. Comment, je ne suis pus baron? qu'est-ce que vous êtes donc venu me raconter, vous? dites donc, p'pa Cadichet, hein, queue dégringolade!

AUBRY. Hélas! la pauvre femme n'apprit rien de la disparition de son enfant; car elle-même mourut quelque temps après.

FANFAN, *tristement.* Comme ça, je n'ai donc plus de mère?... eh ben, tant pis, car franchement, vous me croirez si vous voulez, de tout ce que je perds aujourd'hui, n'y a que ça que je regrette; celle que je n'ai connue que quelques instans était si bonne!... Alors, pas moyen de savoir à qui j'appartiens?

AUBRY. Je l'ignore.

CADICHET. Moi aussi, sans ça...

AUBRY. Car votre mère, la pauvre Catherine Lambert...

CADICHET. Hein! Catherine Lambert?... attendez donc? rue Saint-Honoré, que vous dites... il y a une vingtaine d'années de ça?

AUBRY. A peu près.

CADICHET. Numéro trois cent vingt, près Saint-Roch?

AUBRY. Précisément.

CADICHET. Au fond d'une cour... une mansarde, au sixième?

AUBRY. C'est bien cela.

CADICHET. Ah! est-il de Dieu possible! *(Tombant sur un fauteuil.)* Vite de l'eau de Cologne, de l'eau de Mélisse, du vinaigre à l'estragon, de la moutarde, n'importe quoi, je vas me trouver mal!

Il s'étend dans le fauteuil.

LAIDE. Mon oncle, qu'est-ce qui vous prend donc?

FANFAN, *lui frappant dans la main.* P'pa Cadichet, est-ce que le dôme est fêlé?

CADICHET, *étendant les bras.* Viens dans mes bras, mon Fanfan, viens, mon fils, viens embrasser ton vrai père.

FANFAN, *avec explosion.* Vous, mon père? si c'était vrai!

LAIDE. Lui, Fanfan, mon cousin!

CADICHET. Rien n'est plus certain; Catherine Lambert, c'était feu ma femme, ta mère, à qui je ne pouvais envoyer d'argent, tu sais, pendant l'année de la grande hiver; et toi, tu es bien mon corps et mon sang, mon descendant, mon héritier!

Il l'embrasse avec effusion.

FANFAN, *qui est à ses genoux devant lui.* Moi, votre progéniture! moi, l' sang d' p'pa Cadichet! oh! c'est trop fort! pas de bêtises comme ça, ou je suis capable d'en étouffer sur la place.

CADICHET. Fanfan, n'étouffe pas, et embrasse ton auteur; puisqu'on te dit que t'es ben mon p'tit Antoine que j'ai tant pleuré.

FANFAN. Antoine! oui, c'est ben ça, je m'rappelle ce nom-là... et dire que c'est le mien maintenant... Antoine, Fanfan, Arthur... ah ça! mais, j' vas donc passer tout le calendrier en revue, aujourd'hui? dis donc, Laïde, en v'là-t-il de ces carambolages!

AUBRY, *riant.* Eh bien, monsieur Bardin, que dites-vous de tout cela?

BARDIN. Je dis, je dis, que j'enrage.

LA BARONNE. Cousin, mon intention n'a jamais été de profiter...

AUBRY. Laissez donc, madame, ce qui est fait, est bien fait; j'ai la transaction et elle est en bonnes mains. *(A Bardin.)* D'ailleurs vous aurez un quart de la fortune du général; *(riant)* franchement, c'est plus qu'il n'a jamais songé à vous laisser; et puis comme vous dites: *scripta manent, verba volant.*

Il lui montre la transaction.

EMMA. Je ne serai plus Mme Fanfan, toujours!

BARDIN. Non; à présent tu peux épouser ton M. Anatole.

FANFAN, *riant.* A moins pourtant que vous teniez à être le beau-père d'un banquiste, vous avez ma promesse.

Il la déchire.

BARDIN. Rustre!... la voilà votre promesse.

FANFAN. Je reviens à Laïde... ma Laïde, voilà ce que j'appelle une femme, moi.

LA BARONNE. Aubry, j'assurerai le sort de ces braves gens.

FANFAN. De quoi me racheter de la conscription et épouser Laïde, je veux pas autre chose; et pour le reste, en avant les muscades et la poudre à perlinpinpin! avec ça on soutient son vieux père, et on élève ses moutards... Dieu! j' vas-t'y en manger de c'te filasse!... en attendant, au diable l'hôtel, la baronnie et l'habit de fashionable... *(il ôte son habit et reprend sa redingote qu'un domestique lui présente)* je reprends l'uniforme des carrefours.

CADICHET. Bien, Fanfan, t'es digne de ton père, reprends aussi ton sac et ton tambour; toi, Laïde, ta mandoline, moi, mes ustensiles, et en route, avec deux lampions il fera encore jour sur le quai de la Ferraille.

FANFAN. C'est ça, p'pa, à l'ouvrage ensemble, comme autrefois, comme toujours, vivent les quais, les places et les boulevarts! c'est là qu'est le vrai bonheur; dans quelque temps, je veux que vous soyez orné et entouré d'une foule de petits Fanfans, qui feront des culbutes, et chanteront la romance aussi bien que père et mère; quant à moi, toujours ben là pour dire la bonne aventure, et guérir la rage de dents; s'il y a quelqu'un dans l'aimable société qui réclame mon ministère, parlez, faites-vous servir, c'est le moment, c'est la bonne heure.

AIR *précédent.*

J' suis fanfan l'escamoteur,
   Le bat'leur,
   Travaillant
   En plein vent
Dans chaque arrondiss'ment.
Pour la souplesse et l' mouvement
   J' suis vraiment
Un prodige étonnant.

Mais c'est en vain que j' babille,
Au travail il faut r'tourner;
Pisque c'est pour ma famille,
Dieu! je vas t'y m'en donner!

Au public.

Auparavant dans c'te salle,
Messieurs, j' compte sur votre bonté;
Par vous que l'enfant d' la balle
Ici n' soit pus ballotté.

    LAÏDE, CADICHET *et* FANFAN..

J' suis } Fanfan l'escamoteur, etc.
Vlà   }

Pendant cet ensemble, Laïde a remis sa mandoline en sautoir, Cadichet a repris sa table et ses tréteaux, et Fanfan porte son tambour sur ses épaules, comme à leur entrée du premier acte. La Baronne donne une bourse à Aubry en les lui montrant; on leur fait un signe d'adieu: ils sortent.

FIN.

S'adresser, pour la musique, à M. Hostié, chef d'orchestre, au théâtre des Folies-Dramatiques.

Imprimerie de Vᵉ DONDEY-DUPRÉ, rue Saint-Louis, 46, au Marais.